Jane Austen and Her Gentlewoman Heroines

ジェイン・オースティンと「お嬢さまヒロイン」

改訂版

植松みどり 著

Uematsu Midori

朝日出版社

まえがき　いま、なぜジェイン・オースティンか

ジェイン・オースティンが小説を書いていたのは、いまから二〇〇年も前の英国リージェンシーの時代であった。その作品が現代においても英語圏はもとより日本でも中国でも多くの文学愛好者たちに読まれ続けている。また、新しい媒体、映像文化による語り直しによって変わらぬ人気を博していることは、どのような意味があるのだろうか。確かにジェイン・オースティンの小説が、言語に基づく印刷文化から「映像の記号システム」による表象文化へと変化し、新しい「読み手」のために原作から「離反」した「外国語」に語り直され提供されているのも、現代に人気がある一因かもしれない。※1

だが、改めていうまでもないが、オースティンの作品はその類いまれなる言語の力によって組み立てられている。媒体がどのように変わり、読者、観客が変化し楽しめる表現に変えられようとも、原作の言語芸術としての根本は揺るぐことにはならない。その文学としての魅力は燦然と輝いているのである。それを見ないでジェイン・オースティンを語ることはできない。作品が他の媒体で語られれば語られるほど、原作の魅力に立ち戻らねばならない。時と時、場所と場所をつなぐ言語、小説、文学の力をオースティンの作品は持っている。どの時代においても、読者や観客の興味を引き付ける同時代性と永続性、また、局地性と普遍性を有している。これが、ジェイン・オースティンの文学ではないだろうか。

ここではオースティンが完結した六冊の小説に現れる女性登場人物たちに焦点を当てて考えていく。一九世紀前半からヴィクトリア時代にかけての英国において、「困窮したジェントル・ウーマン」※2の生き方が社会問題として取り上げられるようになってくる。その先駆のようなときに、ジェイン・オースティンのヒロインたちが出現した。ドラマでも哲学でも定型詩でもない、新しい文学様式＝ノヴェル（小説）という芸術媒体によって表現される女たち、中産階級のごく普通のお嬢さま、その女たちを言語文学で表現し、各作品ごとに成熟させていく作者の独特の魅力に注目することが本書の目的である。中産階級の台頭の著しい一八世紀末から一九世紀にかけて、その世界に限定される女たちの物語は、作者からどのように表現されているのだろうか。オースティンが各作品のヒロインを通して表現した同時代は、当時の社会問題と密接にかかわっていないのだろうか。作者が描いたお嬢さまたちの姿にはどのような伝言が込められているのだろうか。

ヴィクトリア時代において女たちの問題は男たちのものともなっていき、すべての者の問題にと当然波及していく。一個人として認められない時代の、女の悲しみは兄や弟や父親の苦悩として男にも跳ね返ってきた。姉や妹、妻、年老いた母親、そして残していく可愛い自分の娘に対する不安、この社会でどのように生きていけるのかという心配は、社会全体の悲哀、困難となって人々の問題となり、そして現代へと継続している。

実は作者が、果敢に取り組み表現し次の時代へと引き渡していったヒロインたちには、大きな一つの特徴があった。それは、力強く賢いごく普通のお嬢さまたちの姿である。作者が生み出したのは、いつのときでも最大の努力をして「時代に対処する」、「生き続け」「存続し続ける」女たちである。それまでの、「王子さまに見つけ出され幸せな結婚で完結する」「待っているだけ」の「お姫さまヒロイン」ではない。ごく普通の中産階級の逞しい女の子たち、「お嬢さまヒロイン」である。「自分のヒロインたち」は、みんな強く雄々しく生き抜いていくと作者は表現した。この伝言はヴィクトリア時代へとつながれて、現代へと託されていると思う。ジェイン・オースティンのお嬢さまたちは、厳しい世界の中に勝ち抜いて生き残っていく、本当にいとおしい女たちなのである。

作者が「生き残ることの重要さ」という伝言を次の時代に手渡して、未来に対して描こうと意図したからこそ、二一世紀の現在でもその作品は世界各地で多くの愛好家を持ち続けることができているのだと思う。本書ではオースティンが作品の中に刻みこんだ「お嬢さまヒロイン」、その女の子たちの努力を探っていく。オースティンの言語を手掛かりに「領域を広げていくこと」[※3]につながるヒロインたちの物語として見ていき、作者の意図の一端でも読み取っていきたいと考えた。

同時にジェイン・オースティンの、「繊細な象牙細工のように」[※4]美しい作品の材料は「象の牙、どうもうな探索のための道具である」[※5]。「象の牙」を探そうという試みは、従来のジェイン・オースティンの読みかたとは少々異なっていて、違和感を覚える読者も多いかもしれない。だが、このような読みも可能だということの一つの主張であるととらえてほしい。さらには、ジェイン・オースティンの作品の様々な場所に種々ちりばめられている「象の牙」をこの本の読者自身が独自に探し出し、新たな魅力を掘り出す手がかりにでもなれば幸いである。

目次

ジェイン・オースティンと「お嬢さまヒロイン」 改訂版　目次

序論

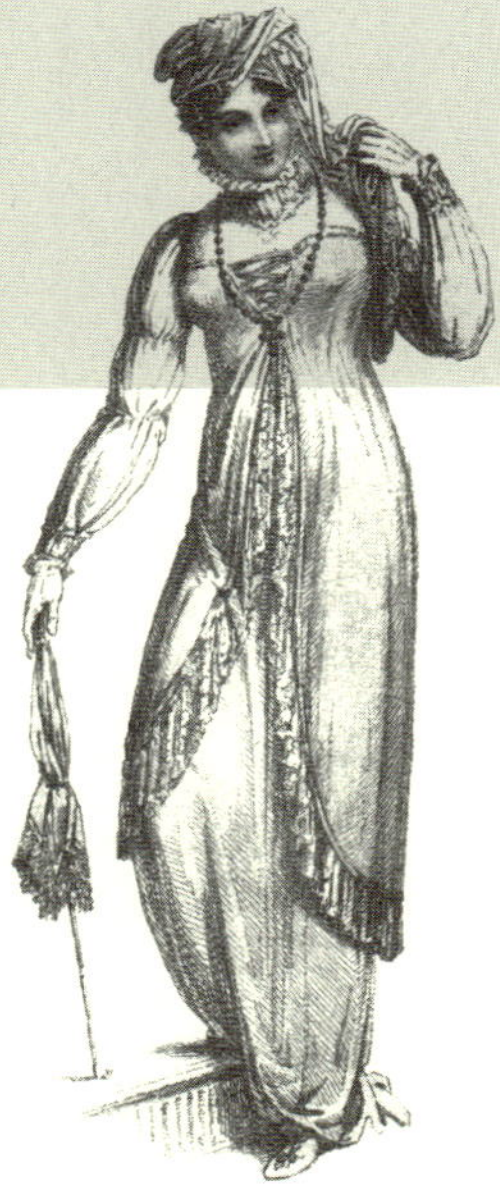

序論扉および本ページ図版の出典：
C. Willett Cunnington, *English Women's Clothing in the Nineteenth Century*: Dover Publications, 1990.

英国ヴィクトリア時代（一八三七〜一九〇一）

いまでこそ「斜陽の大英帝国」等と称され、世界の地平のなかで英国の存在はあまり目立たないものとなっている。だが、かつて英国がその重商主義、実利主義政策を手に世界に進出し、工業製品のみならず、文化、教育、宗教、そして英語を輸出し、その巧みな貿易政策により世界を統治していた華々しい時代があった。一八三七年から一九〇一年までの、ヴィクトリア女王が英国に君臨していた時代である。この「古き良き時代」は、政治・貿易・文化、あらゆる面にわたって現代の英国の土台を作ったといわれ、そして、英国の人々は、いまでもこの時代を懐かしむ。ヴィクトリア時代は一九世紀の大部分と、また二〇世紀に入ったばかりの一九〇一年ヴィクトリア女王が逝去するまでまれなる長期間継続し英国はその栄華を誇った。

英国は、一六世紀初頭、世界に拡大していった大航海時代を遠い記憶として持ち、さらに一八、一九世紀、産業革命を経てその商業製品を三角貿易に託して、巧妙に狡猾に海外に進出していた。一六世紀にスペインとの戦争で無敵艦隊を破った後（一五八八）、オランダやフランスとの戦いを経て一八世紀半ばにイギリス帝国が成立した。この間、ヨーロッパは様々な覇権争いの波に襲われ、風雨吹き荒れる場所となっていた。一七七六年のアメリカ独立戦争、一七八九年のフランス革命、一八一五年にようやく終結するナポレオン戦争など英仏第二次百年戦争とも呼ばれるこれらの戦争はいずれも世界商業の覇権をかけた戦いであった。英国は大陸封鎖令（一八〇六）などによるヨーロッパ大陸貿易の断絶にも屈せず、世界の勝者として躍り出ていく。広大な植民地などを基盤にして、海外市場獲得を背景に世界の工場となり、以後大英帝国としての地位を確立していく。国家や文化面での英国の世界の覇者としての地位は、ヴィクトリア時代に確固たるものとなり、「七つの海、五つの大陸を支配する」栄華を誇り、英国黄金時代を享受することになる。

一方英国本土においては、中産階級ブルジョアジーの台頭、地方の紳士階級の増加などの華やかなときを迎える。このとき経済の基盤を固めていたのは、英国社会に躍り出て、世界に先駆けて近代市民社会のルールを作り上げていった英国中産階級上層、紳士階級の人々であった。紳士は、地方ジェントリーとして、また、政治家や、法律家、教育者など、都会の中心人物として華々しく、英国の田園に、都会に、そして、世界の大海、植民地にと活躍した。農業革命や産業革命の成功が英国の隆盛を支えていた。だが、このような時代が単独で突然出現したのでないことはいうまでもない。ある時代はそれまでの時代の積み重ねによってでき上がっていくことは歴史が物語る。

リージェンシー時代（摂政時代、一八一一〜二〇）

ヴィクトリア時代、英国国内では議会政治の発展とともに、近代市民社会の成熟と完成のための様々な法が整備され、人々の生活上のルールが具体的に取り決められていった。この「改革の世紀」と呼ばれる時代の先駆けとして、その土台作りを行い、機能させたのがリージェンシーの時代を含むヴィクトリア時代のプレリュード期である。一八世紀後半、一九世紀前半のジョージ三世とリージェンシーの時代、ジョージ四世からウイリアム四世を経て一八三七年、ケント公エドワードの娘、ジョージ三世の孫ヴィクトリアが戴冠しヴィクトリア時代を迎えるまでの時代である。

リージェンシーの時代は、次に来る時代に対する確実な準備期間だった。北国の、日本と同じほどの小さな国、英国が世界の王者としての地位を獲得する前哨時代。ときの王ジョージ三世の身体不調のため、皇太子は摂政《リージェント》となり、王の死後（一八二〇）ジョージ四世となってその後一〇年間王位を継承する。特にリージェンシーの時代の英国は、「華やかで活気に満ち、いきでおしゃれ、快楽主義者のリージェント公に則った、華々しい様式に従っている」[※1]ともてはやされている。だが、ここに暗黒の影がさしていたのも確かである。ナポレオンとのトラファルガーの海戦（一八〇五）後、ヨーロッパに出された大陸封鎖令、それに続く英仏戦争の激化、そしてワーテルローの戦い（一八一五）の後、英仏はようやく第二次英仏百年戦争の終結を迎えた。

国内では、一九世紀初頭の英国王室は華やかな半面様々なスキャンダルに満ちており、また、産業革命の進行に伴って次第に排除されるようになった手織工たちの抵抗運動（ラダイト運動一八一一〜一八一七）、第二次囲い込みによる地方農業経営者の経営の破たん、それに伴う地方銀行の破産などの苦境も味わっていた。このような状況にもかかわらず、すでに始まっていた産業革命は急速に進展し、綿織物工業をはじめ様々な産業が展開していった。大陸封鎖令の影響などから、絹織物の輸入が減ったことなどが影響して木綿工業が勃興する。機械や工場の改良が進み、資本主義的大農場経営の時代となった。都市の工場労働者が増加し賃金労働者の巨大な市場が成立した。こうして英国は市民社会の成長とともに産業革命を成功させた世界の大国として生き延びていく。そして小説は、近代市民社会の発展とともに成熟していった。ジェイン・オースティンはこのような時代に小説家として活躍した。

ジェイン・オースティン（一七七五〜一八一七）と歴史

ヴィクトリア時代の作家シャーロット・ブロンテがジェイン・オースティンに対して語った言葉はあまりにも有名である。だが、「エレガントな紳士淑女、閉鎖的な家庭」を「銀板写真のように詳細に書き込んだだけ」[※2]という評をうのみにすることはできない。ジェイン・オースティンの作品を丹念に読むと、この作者が社会史を物語る小説家の役割を自覚し、その時代の「記憶の場」を作る小説家としての意識を有していたのではないかと思われることが多い。オースティンはリージェンシーの時代に活躍の時期をおき、自分の言葉で自分の周囲の生活を表現した。その六作品において、実に魅力的なヒロインや女性登場人物を作り上げ、「私のヒロイン」と読者との関わりを常に意識していたことは、よく指摘されている。[※3]当時の紳士階級の女性、お嬢さまたちの日常の姿を書き、男女を含めたその周囲の人々を題材とした。自分の生きた時代の証人として、リージェンシー時代の英国紳士階級の状況や地方ジェントリーの姿を描く小説家としての関心は、自分の周辺の社会史を紡ぐことにあるといえるものかもしれない。

そして特に英国の、地方紳士階級（カントリー・ジェントルマン）のお嬢さまの現実を、リアルに忠実に言語芸術の小説世界に復元した。時代が新しい中間層を形成しているこのときに出現した紳士階級の娘たちを含めた女性たちを、ここでは、「お嬢さま」とみなす。乗馬、訪問、カード遊び、食事の招待、娯楽にあけくれている当時のお嬢さまは、のどやかな田園生活を送っていた。「たしなみ accomplishment」といわれるお嬢さまの教養は、家庭教師、家族、特別な寄宿学校などから教授される社交上のつきあい、コミュニケーションのためのフランス語、イタリア語などの数カ国語、良い書物の読書、音楽、趣味の針仕事、植物学、博物誌、そして、水彩、油絵の技術、歌、音楽などだった。オースティンは主に当時のカントリー・ライフと、そのお嬢さまたちの社交場のバースやロンドンを舞台にしていた。彼女の小説が「風俗小説」といわれる所以である。だが、この小説家の意識は、そこに限定されているのではない。

変動する時代に紳士階級のお嬢さまたちは裕福な環境にぬくぬくと暮らしていたのではない。社会のひずみ、その整備されない生き方に、苦悩を味わい、様々な困難に出くわすことになる。生まれた実家に悠然とのどかに暮らし、人生の最終目的の幸せな結婚を手にいれて婚家で生を終えるという、これまでの生き方のパターンが大きく変化しようとしていた。オースティンは前述したように田園地帯の紳士階級、ジェントリーの娘たちの世界を描く。だが、作品に登場するお嬢さまは裕福な上流階級に生まれ、毎日優雅に着飾って好きに遊び暮らしている女の人たちではない。男性のみが財産相続権を持ち法的代表者になる時代のお嬢さまのことである。ジェイン・オースティンは特に、お嬢さましかいない家族の悲哀を結婚物語に託しながら巧妙に描いた。一般に長男が家督を継いだ後、その姉妹たちはお兄さまや弟たちの世話になるしかなく、幸せな結婚だけが彼女たちの人生の最終目標だった。結婚することは一人前と認められること、お嬢さまの誇りであった。だが、離婚訴訟法がなかったために、どれだけみじめな結婚生活を強いられても妻から離婚を申し出ることはまず不可能で、死ぬまで夫の姓を名乗らなければならなかった。※4

ジェイン・オースティンは、中産階級上層の、だが紳士階級ぎりぎりの線上にいるお嬢さまたちを中心にすえその苦境を描き、次世代の社会問題を暗示していく。当時のお嬢さまという存在の持つ矛盾とその社会全体が抱える問題を潜ませたオースティン文学の秘密は、次世代に英国社会を揺るがすことになる多くの社会問題の芽を宿しているのである。オースティンが描いた紳士階級のお嬢さまたち、以後、英国社会の中心をなしていく中産階級上層の娘たちとは、その立場上、仕事を持つこともできない、経済的自立のほとんど不可能な「つらい立場」にある女性たちのことである。ここでは、このような時代の記憶をジェイン・オースティンの作品の中に見て、次の時代そして現代まで生き残っていくいとおしい女たちの姿に重ねてみたい。女性登場人物を通して時代を、社会を、人間を描くことが、当時作者のできる唯一の自己表現だったからである。そもそも英国小説には女性作家の強い伝統が存在する。多くの女性作家がこの時期に英国に輩出した。その理由をマーガレット・ドラブルは「小説が当時の女性たちの心理的、経済的、社会的、創造的代替物であったため」と述べている。※5

「歴史に現れない」お嬢さまたち

法皇や王さまたちの喧嘩、戦争、暴虐な行ないなどは歴史書のどの頁にも書かれている。男は本当に小さなことでもしょっちゅう取り扱われているのに、女が取り扱われることはほとんどない。——その上その書（歴史書）はとても退屈。ほとんどすべて創作なのにどうしてそんなにつまらないのか不思議。英雄が口にする言葉、思考も計画もすべて創作なのに。そして同じ創作されたものなら他の類いの書物のほうがよっぽど面白い『ノーサンガー・アベイ』（一〇四）

『ノーサンガー・アベイ』でジェイン・オースティンは、他の類いの創作の書、すなわち小説において、歴史書などには現れない女たちに焦点を当てて書く意識を持っていることを述べている。この時期、小説というジャンルの中で、ごく普通の女の子がヒロインへと羽ばたいていった。オースティンの作品のなかでも、平凡な女の子がヒロインへと変化していく。ロマンティック・リヴァイヴァルの主に詩人たちが創造した「宿命の女」「永遠の女」

とはタイプの異なる、けれども同じように時空を超えて存続する「普通の女たち」[※6]が小説の世界で生み出されていく。ジェイン・オースティンは、どのような伝言《メッセージ》を自分のお嬢さまたちに託そうとしたのだろうか。次の世代に生き残るにはどのようなヒロインの造形が必要と考えたのか。オースティンの時代が有する特徴、問題点、「お嬢さまヒロイン」を通しての次世代への伝言をここでは見つけていく。女性が果たした役割、その時代から次の時代へ、そして、時代、場所を超越して存在する女の姿を、ジェイン・オースティンが小説の中で描いたお嬢さまに焦点を絞ることで明らかにしていきたい。これは、いつの時代にも生き残る逞しいヒロインの姿がどう表現されているかを読み取ることであり、当時の社会に対するジェイン・オースティンの指摘を取り上げ、次世代に託した貴重な伝言として見ていくことでもある。

「お嬢さまヒロイン」の誕生、その現状

前述したように、英国の一九世紀、ヴィクトリア時代は「改革の世紀」と呼ばれ、法律、教育、政治と多方面にわたり近代市民社会を確立させる様々な方策が取られていた。だが、この改革が女性に波及するには、一九世紀後半にいたるまでの長い努力の期間が必要だった。英国がいかに近代市民国家の理想を掲げ、世界に先駆けて民主的な世界を築こうとしても、女性の立ち位置は厳しく限定されていた。紳士階級のお嬢さまの場合、女の居場所は家庭と決められ、生まれ育った親の家から結婚した夫の家へと移動するのみ、家庭の領

域内でしか活動を拡げることはできなかった。女性は一個の人間としての法律上の代表権も持たなかった。その周囲は、男性中心に変革の嵐が吹き荒れていても、女たちは「家庭の天使」として縛られ、善良な女、完璧な淑女としてもてはやされているのみ。だが生身の女であるお嬢さまたちはあまりに厳しい限定された女の領域に閉じ込められ苦しんでいた。そしてその周辺の紳士たち、父、夫、兄、弟、従兄弟たちなど、家督を継承する男たち、彼女たちを愛する男たちすべてがこの男女の「分離領域」に苦しむ時代がすぐに迫っている。まさにそれは第一次女性解放運動となり、「拡大領域」を女性が求めて、自分たちの運動を起こし、財産権の問題、教育の問題、職業の問題、参政権の問題を中心に活躍の場を広げていく時代となっていった。それが女たちのヴィクトリア時代であった。そして、一九一九年女性に選挙法が認められるまで、男性議員のサポートを受けながら議会の場で関係法案を出し続けていた。[※7]社会の中での女たちの不如意、結局それは、女性のみの困難ではなく男性も含む大きな社会問題となっていくのである。

中産階級のお嬢さまたちという普通の女の子が社会問題のイニシアティヴを取り始めるのと並列するようにして、小説の中でもおとぎ話のお姫さまではない、ファンタジーの女ではない、普通の女の子がヒロインとなり、創作の対象として出現し、作者のメッセージを伝え出す。ジェイン・オースティンこそ、このような「お嬢さまヒロイン」を作りだした代表的小説家である。近代市民小説の嚆矢ともいわれる一七四〇年の『パメラ』以来、英国には素敵なヒロイン、女たちが存在した。自分の言葉や、歩く力、働く手足、身体能力の活用でもって一人の人間としての強さを発揮してハッピー・エンディング、結婚に到達する。男の登場人物たちと渡り合う。時代、社会と巧妙に折り合いをつけ、つけたふりをしながら。これは、ジェイン・オースティンの先輩、ファニー・バーニーや、マライア・エッジワースの作品などにも見出される。[※8]また、ロマンティックなお姫さまたち、ロマンティック・リヴァイヴァルの詩人たち、ゴシック小説の作者たちが描く、なかば現実離れしたイメージ化された女たち、ヒロインたちもいた。このような路線を踏まえてオースティンは、『ノーサンガー・アベイ』において、自分が作り出す小説のヒロインの特徴を、これまでの特にゴシック小説をパロディー化することによって説明した。[※9]それは「固有名詞がでてきたとき」とイアン・ワットが小説の特徴の説明をしたような[※10]、自分の周囲に特定された、普通の人物たちが生み出す現実を描くものであった。ジェイン・オースティンの小説は、ごく普通の「お嬢さまヒロイン」の登場によって、どこにでもいるような個人が小説の中にヒロインとして生み出されていくプロセスを示す画期的な作品群であった。

ジェイン・オースティンの文学

「小さな三、四軒の家があれば、小説を書ける」[※11]と、オースティンが述べる「繊細な象牙細工」のような小説は、自分の周囲の世界を丁寧に詳細に描くことによってかえって時代の波を伝え、具体的な時代の図絵を描き出していく。ジェイン・オースティンは写実的「風俗小説」の作家などと評され、当時の人々の姿を丹念に描き取っているのみだと、ときにその芸術性を狭いものとする向きもある。だが、彼女の小説を、その言葉、その登場人物の具体的な姿を読み取って丹念に見ていくと思いがけないところに、思いがけない姿でオースティンの主張、その文学者としての姿を目にすることがある。というのは、ジェイン・オースティンはあえて、歴史に現れない人々の姿、その心の問題を言語を手にして、新しい文学ジャンルである小説の中に秘かに描きだすことを、自分の楽しみとし使命としていたからである。

特に本書では、舞台となっている静かな田園地帯や、華やかな人々が集まるバースやロンドンの社交界、そこで日常生活を営む人々、ショッピングやパーティー、ダンスや恋の時間にあけくれる「歴史に現れない」お嬢さまたちを取り上げ、その影響の及ぶ周辺の人々の姿に焦点をあてる。そのお嬢さまたちが、小説の世界で、昔のおとぎ話のお姫さまと同じようなヒロインの地位をどのように獲得していったのか、そこに明白な時代が描き出されているところに注目する。そしてオースティンの文学の中にその「時代の記憶」を見ていく。彼女は小説に乗り出していった『ノーサンガー・アベイ』の中で、さらに明確な小説擁護を宣言している。

もしある小説のヒロインを他の小説のヒロインが弁護をしないのならば一体だれから彼女は尊敬され守ってもらえるのだろうか。こんなこと認めるわけにはいかない。小説家たちの労力を過小評価して、その能力を貶める思いがあまねく一般に行きわたっているかのようだ。才能と、機知と、そして趣きという推奨できる素晴らしい利点を持っている行為を軽んじる共通の願いが……。または、手短にいえば、（小説は）人間の心のもっとも偉大な力が表現され、人間性の完璧な知識が表現され、その様々な形が、最高の様相で語られ、ウイットとユーモアあふれるもっともすぐれた選ばれた言語によって世間に伝えられている作品なのに。『ノーサンガー・アベイ』（三六―三七）

「象の牙」

ジェイン・オースティンがこれほど誇りを持って取りかかった小説には、さらに隠されている作者の一つの秘密がある。それは、小説が作者の秘かな自己表現の手段であったということ。前述したようにオースティン文学の特徴、「繊細な象牙細工」のような作品の材料は「象の牙、どうもうな探索のための道具でもある」という、恐ろしい役割を持っていたのである。彼女の作品にはそのような恐ろしさがあることはもっともっと強調されてよいと思う。作者自身それを示さない工夫をしているということは、かえってそれほど恐い意図が込められているのかもしれない。ここでは「婉曲な憎悪」※12を、表面はとても美しい作品が裏に持っている恐ろしさを作品ごとに指摘して、当時の世界、社会に対するオースティンの「婉曲な」告発を取り上げ、作者が当時の社会の問題を巧妙に、言語芸術のジャンルで提示していることを見ていく。次の世代に伝えたかった、作品に秘かにおかれた「象の牙」の要素は言語、文章、プロット、物語上あらゆるところに散在してジェイン・オースティンの優れた言語芸術の特徴となっている。さりげなく置かれた「象の牙」を、まるで謎探しのように読み取り判読することは、オースティンが表現した大きなテーマをさらに明らかにしていく作業である。それは、とうてい、単なる「風俗小説」の作家などと規定できない、広大な領域に作者を配置する重要な指針として存在している。

ヴィクトリア時代への伝言

「存続する」ことは、ジェイン・オースティンの最大のテーマとなって作品の中に表現されている。家父長の死や、それにつながる次期相続者の問題、その後の妻や娘の居場所の問題、結婚の選択などという身近な土地問題、財産問題から始まり、『自負と偏見』では限嗣相続[※13]という後継者の問題から相続権の問題へと重ね合わせ、「男の子を産むこと」(二九二)「若いオリーヴの枝」(六二、三)「若い家系」(三四三)がその家を存続させていく義務と必要を述べる。「未来に生きていくこと」「存続すること」という、人間界の大きな問題へとつなげていくかのようでもある。核家族に移っていく世代[※14]のすべてが生き残る必要性まで示唆する。さらに当時、家督を継承する紳士階級の長男は別としても、次男、三男の生き方にたいして問題化する傾向もある。「弟たちは、好きな結婚はできない」『自負と偏見』(一七九)。家父長制度、長男相続制度によって紳士階級の次男、三男はほとんど結婚するのもむずかしい。レディー・キャサリンは、「健康である」伴侶をもらうことを強く推奨する。次の世代への健康的なる存続の問題をも視野に入れ、結婚相手の条件を次のようにコリンズ牧師に伝えている。

「コリンズさん、あなたは結婚しなければ。あなたのような牧師は結婚しなければいけないわよ。しっかりと正しい人を選ぶのです。私のためにも『紳士階級の家のお嬢さま』を選びなさい。そして自分のためには、活動的な役に立つ女を選びなさい。とびきりいい家の娘でなく、少ない収入でも切り盛り上手な娘を選ぶのです」『自負と偏見』（一〇三）

このような要望を適えジェイン・オースティンが文学上につくりあげた強い存在感のある「お嬢さまヒロイン」は、健康的な「生き残る女たち」である。人の生をつなげていく健気な女たちの存在が男の存在を支え、紳士階級を支え、英国を支え、世界を牽引していったのであろう。また、それは究極的にはいつの時代でも人類を、地球を支える力であることに変わりない。

創造と現実の関わりについては現代の作家、マーガレット・ドラブルが涙した[※15]ドリス・レッシングの言葉がある。作家の希望と想像によって出現した存在は、必ず未来において現実社会でも存在するようになっていくと。ドリス・レッシングは『黄金のノート』で自分が小説家として生み出した登場人物について次のように説明している。まさにジェイン・オースティンの次世代への伝言と共通するものである。

そして、しばらくして、私（作者）は自分が昔やっていたと同じことをしているのに気がついた。すなわち三番目のものを生み出そうとしていることを。——私よりもずっと素敵な女を。私は、エラが現実から離れたところをはっきりと指し示すことができるかもしれないのだから。実際エラの性質ならこう行動するだろうところから離れて、彼女には不可能なところ、寛大な大きな人物になっていくところを。けれども私は自分が生み出しているこの新しい人物が嫌いではなかった。この素晴らしい寛大な、私たちの想像の中にのみいる人物、現実の私たちと肩を並べて歩いている人物はいつか実際に存在するようになるかもしれないのだ。それは、ただ私たちが必要としているから、想像の世界で生み出しているからという理由だけで。※16

第一章

『ノーサンガー・アベイ』
キャサリン・モーランド、「お嬢さまヒロイン」の誕生

ノーサンガー・アベイ（1817）

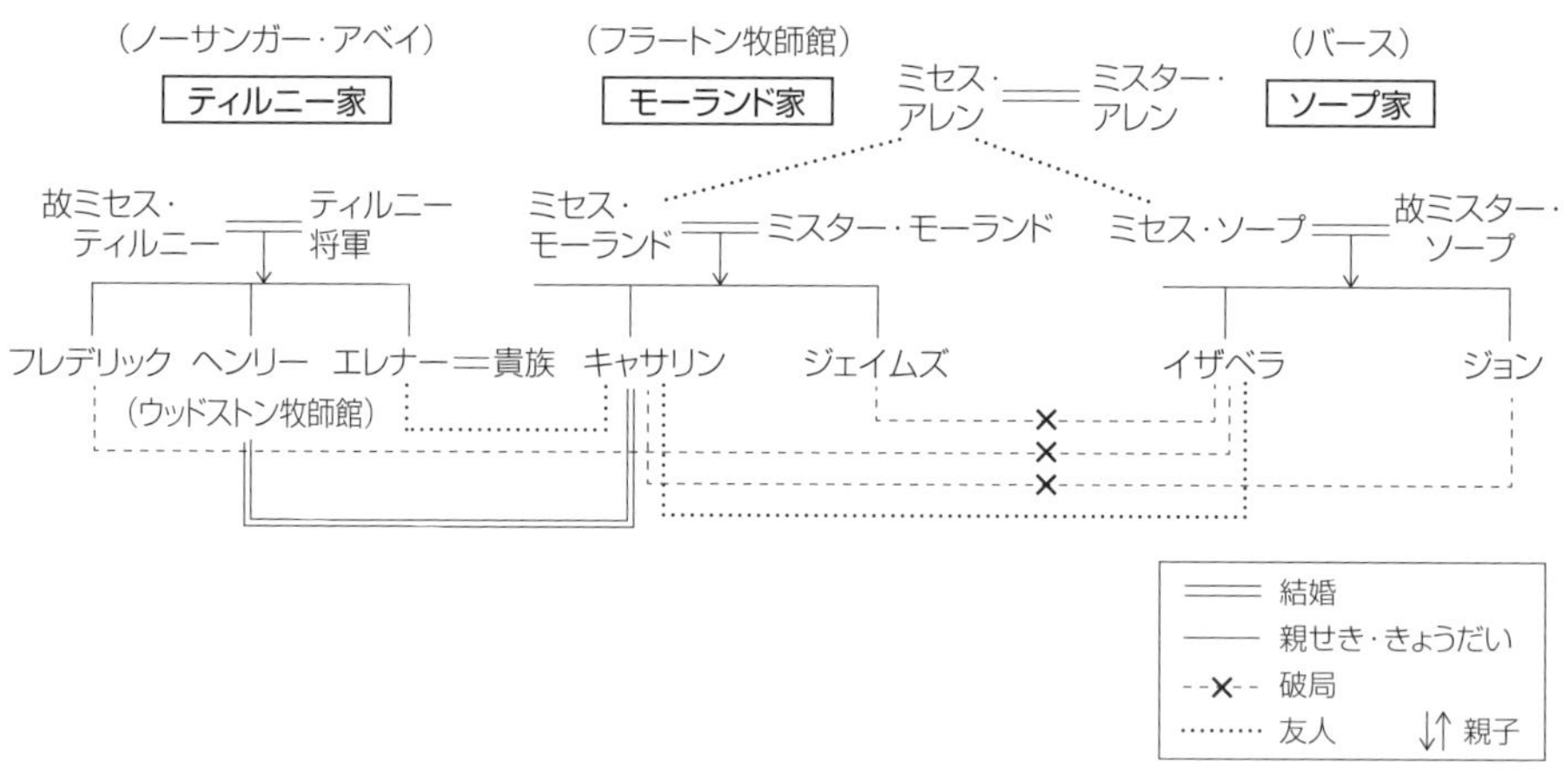

普通のお嬢さま、キャサリン・モーランド

昔々あるところ、どこかの王宮に住む名前も判らないおとぎ話のお姫さまや、一般の人たちとはかけ離れた容姿、人物、家柄、すべてが完璧に整っている誰もが羨む架空のヒロイン、または本来ならば立派な家系の出なのに不幸にもみなしごとなった薄幸の佳人など、現実離れした、幻想的、劇的な女の人が当時の物語のヒロインとして存在していた。だが、一九世紀の初めジェイン・オースティンが生み出したヒロインは、ごく普通のお嬢さまであった。この「お嬢さまヒロイン」の誕生は、『ノーサンガー・アベイ』にはっきりと宣言されている。その後の物語の進展からゴシック小説のパロディーとしばしばいわれているこの作品だが、ヒロイン、キャサリン・モーランドの成り立ちは以後のオースティンの小説の女性登場人物、普通の「お嬢さまヒロイン」をもっともよく説明している。キャサリン・モーランドは、当時の特別上層ではない紳士階級のお嬢さま。「ヒロインと生まれついたとはだれも思わないヒロイン」（一五）という語句とともにこの小説は始まる。冒頭で、キャサリンが平凡な女の子で、父親も母親も健在で心身共にまともな人であり、兄弟も健康であると、皮肉たっぷりに述べられている。容姿も普通の、もちろん「教えられないうちに覚えてしまうような」利発な子でもなく、両親からは「なんてわけのわからない、変な子」（一六）といわれている。一五歳ぐらいになると容貌は少しましになり、ようやくあの子は可愛いといわれるようになってきた。「キャサリンは、ヒロイン的な要素の何もない

子だった。けれども一五歳から一七歳までに、ヒロインとしてのトレーニングにはいっていった」(一七)。そう、キャサリンという、オースティンの作り出したヒロインは生まれながらの「お姫さまヒロイン」ではなく、普通の家の娘が普通の「お嬢さまヒロイン」として作り出されてきたと紹介される。「そして若いレディーがヒロインになるには、周囲の四〇もの家族が反対したってそうなってしまうものだ。それなりの仕掛けが組まれ、王子さまが投げ入れられることになる」(一八)と、人間だれもがヒロインになる可能性を持っていることを作者は嬉しそうに語る。というわけで、キャサリンは、現実の王子さまを探しに、近くに住む保護者兼介添人の役割をするアレン夫妻に連れられて当時の社交場バースに出かけることになる。「私たちのヒロインの人生のアントレ」(二一)はこのようにして始まる。そして、このような「お嬢さまヒロイン」の誕生とともに、ジェイン・オースティンは小説家として生まれ、一九世紀英国小説を成熟に導いた代表的創作者となっていくのである。

バースの街

ジェイン・オースティンは、一七七五年一二月一六日、ハンプシャー州のスティーヴントン村の牧師ジョージ・オースティンとカサンドラ・リーの第七子、次女として生まれた。八人兄姉弟の一家だった。二五歳のとき、バースに移り住み、一八〇九年、ハンプシャーのチョートンの村を終の住処としたが、病気の療養先のウインチェスターで一八一七年七月一八日アジソン病のため四一歳で死去した。

生前には、『分別と多感』（一八一一）『自負と偏見』（一八一三）『マンスフィールド・パーク』（一八一四）『エマ』（一八一五）を出版、好評を得ていた。とくに『エマ』は、ときの皇太子（後のジョージ四世）に献辞を許可されている。オースティンは死去した年の一二月にウインチェスター寺院に埋葬されるほど、小説家として認められていた。『ノーサンガー・アベイ』は、『説得』とともに兄のヘンリーによって、ジェイン・オースティンの死後、一八一八年（初版扉）に出版された。『ノーサンガー・アベイ』には「著者の伝記的覚書」として、ヘンリーより簡単な作者の創作の経緯などがしめされている。一七九八から九九年ごろ着手し、最初は「スーザン」"Susan"という題名で執筆していた。「この作品は、オースティンの死後出版ではあるが、出版のために完成されたものとしてはいちばん初めのものである。」[※1]『ノーサンガー・アベイ』はオースティンの長編六作品のうちでもっとも個人的なものと考えられている。「オースティンは、いままでの創作の伝統的手法と考えられるものを綿密にチェックしながら、小説の世界に乗り出していった。すなわちヒロインの類まれなる美貌、遭遇する困難、一般的な保護者、両親、介添人、そして結婚相手の選択の失敗などを描く」[※2]従来の小説のテーマを踏襲しながらも、新しいヒロイン、家族関係、社会活動、人間関係を追い、当時の普通のお嬢さまの生き方を描き、その世界を探索していった。この作品の中で自分の小説世界の開始宣言を行なっている。それ以後、『ノーサンガー・アベイ』は作者によって改定されていないと考えられるために、オースティンの他の作品、一〇年の推敲の後に出版されている『分別と多感』や『自負と偏見』よりも若い技術がここに現われているといわれている。また「流行のゴシック・ノヴェル」への批判により、小説世界を創造しようとしているのは、作中でヒロインたちが言及するそれらの小説などへのコメントを中心に明白に表現されている。『ノーサンガー・アベイ』によって文学の扉を開いていった作者とこの作品とのかかわりを、考えてみよう。「『ノーサンガー・アベイ』の女性作家による告示」においてジェイン・オースティンは次のようにのべている。

「この小作品は一八〇三年に完成された。そして、すぐに出版されることとなっていた。本屋に渡され広告まで出されたのに、どうしてそこでストップしてしまったのか、作者は理由を知らされていない。出版社が、出版する価値がないと考えるものを買い取ろうとするのは、とても奇妙なことである。だが、その後、一三年間のうちに比較的古くなってしまった部分に関してのみ、少しの注意が必要だという以外は、作者も読者もあまり心配することはない。読者は、この作品が完成してから一三年もたったこと、書き出しはもっと前に書かれていること、この間に場所も作法も書物も意見もかなりな変化があったということを頭に止めておいてはほしい。」[※3]

オースティンが実際に一七九七年に訪れ、また、一八〇一年から移り住んだ当時の温泉保養地、社交の場として名高いバースが作品前半の主な舞台となっている。書いていた時代と発表したときには一〇年余の差がありその地に変化はあるが、書き直してはいないと作者は述べている。バースは両親、姉、兄、などとともに住んでいたところであるが、必ずしも楽しい場所とばかりはいえなかった。※4 父親が教区牧師の職を牧師補の長男ジェイムズに譲り引退したためスティーヴントンの牧師館を明け渡し、一家はバースに移住した。このときジェイン・オースティンは当時のお嬢さまたちが抱えていた問題、英国の土地制度、長男相続、家父長制度の矛盾に直面した。

ヴィクトリア時代にかけて、とくに女性の過剰人口の問題が表面化し、女たちがどのように生活し、生きるかということが紳士階級の家族の中での大きな問題となっていく。その中でも既婚女性の財産権の問題、すなわち、女性、とくに妻が財産権を持てない中で、どのように生涯、紳士階級の一員として暮らしていけるかという経済問題が深刻化していった。女性自身が法的代表者になることはできず、「不動産」を保持することができないときに、自分の住む場所、居場所を獲得する困難をジェイン・オースティンが実感として知ったのはバースの街であった。オースティン一家は、バースでなかなか定住場所を見出せず何度も引越しを繰り返した。作品の中の結婚問題の背後に、必ず当時のお嬢さまの財産権の問題、居場所、住まいの問題が周到に描かれていることの一因であろう。

オースティンが小説家としての道を歩み出した一歩が、バースから旅立ちノーサンガー・アベイへといたる道でもあったという説明を読者は『ノーサンガー・アベイ』で受け取る。

ここに作者は小説家としての姿勢を明確に説明、宣言しているので、オースティンの文学の基本が打ち明けられているようで分かりやすい出発である。また、登場人物の女の子が社会に出て様々な事態に直面し、その説明を受け、自分自身も説明し、判断するまでに成長するプロセスが、オースティンの小説家としての道と並行して描かれていく。若い女の子の家族や周囲の人々の世界、中庸な紳士階級、大ジェントリー、ジェントリーなどの紳士階級の人々、軍人や牧師、弁護士など専門職や貿易商などの新興の紳士階級の家族や取り巻く人々などが入り混じる。一九世紀に力を持っていく新しい家庭環境、家族関係が示唆され、当時の社会の縮図が提示されている。

普通の「お嬢さまヒロイン」

キャサリン、イザベラ、そしてエレナーという三人の紳士階級のお嬢さまがこの作品には現れる。作者は微妙にその紳士階級の階層を変えている。まず、中心人物のキャサリンとその家族。当時のヒロインとしては「珍しく」父親と母親が健全にそろっている、子沢山の牧師一家で、少しの資産を持つ。オックスフォードに行っている兄ジェイムズがいる。また、バースで出会い友人となるイザベラ、彼女はキャサリンの兄と婚約寸前まで行く。父親をすでに亡くし、母親と兄と妹たちがいる。新興の紳士階級、弁護士の一家だった。資産は少ないがどうにか結婚によって紳士階級から没落しないようにと必死に結婚相手を探す、都会育ちの娘である。キャサリンの恋の相手のヘンリー・ティルニーの妹エレナーは、少女時代に母親を亡くしている。ティルニー家は旧来からの英国の生粋の紳士階級に属し、広大な土地を所有する典型的な家父長制度に則っている大ジェントリーの階層にある。絶対的な権力を顕示する父親ティルニー将軍に支配されている一家である。そこのお嬢さまエレナーは、偶然子爵の爵位を獲得した紳士と結婚する。娘をレディーの称号で呼べることになり、父親は「望外の幸せ」と喜び、反対していた息子の結婚への関心は薄れて、物語はハッピー・エンディングとなる。

このように当時の紳士階級をあらわす三種類の家族のありようの中で、お嬢さまたちはどのような姿を描き出されているのだろうか。まず、キャサリンは典型的な普通の女の子である。両親は娘が旅に出る際も、悪漢に襲われるのではないかという心配などせず、「のどを冷やさないように、おこづかい帳はつけるように」(一九―二〇)と、親としての簡単な忠告を淡々と与えるのみである。モーランド家は「普通の生活の普通の感情に導かれている」(二〇)。前述したように「ヒロインに生まれてきた」とは誰からも思われないキャサリンは、その「無知さ」をしばしば「赤面する」(四〇)ヒロイン、「何も知らない」(一〇六)ヒロインだが、小説を読む想像力だけは旺盛な、未来に向けて生きていくお嬢さまである。少々の人間関係の失敗にはくじけない、生活力のある逞しく元気な女の子だ。大好きなヘンリーが他のお嬢さまと一緒にいればすぐに「妻だと思いがっかりするのではなく、妹だろうと判断する」(五二)楽天的な女の子で、眠れば少々のことは忘れてしまう。子ども時代は男の子のするような遊びが大好きだった健康な女の子は、いかにも素直な単純なお嬢さまとして描かれている。このような女の子の成長は、これからの英国の、また小説世界における普通の「お嬢さまヒロイン」の台頭を暗示しているかのようである。すなわち、どう考えても「ヒロインとして生まれつかない」、一人で「判断することが不得意な」(六五)、けれども自分の行動の説明のみはきちんとしようと試行錯誤しながらもやり遂げるお嬢さまなのである。「自分の説明を聞いてもらおうとする」(八九)普通の生活の普通の感性を持つ平凡なお嬢さまが、小説の進行にしたがって小説の主人公になり、最終的には従来のヒロインなみの幸せ、憧れの人との結婚を獲得するシンデレラ物語である。「単純で可能なもののみに導かれている」(五二)おかげかもしれない。様々な不本意なことがあっても決してあきらめないキャサリンの素朴な強さによるのかもしれない。一九世紀の英国中産階級興隆期に現れた紳士階級のお嬢さまたちは、従来の貴族社会のヒロインよりもしっかりと社会の中にその位置を獲得していく「普通の」家庭のお嬢さまなのである。以後、このような「お嬢さまヒロイン」を創造することが小説家、ジェイン・オースティンのメイン・テーマとなっていく。

お嬢さまとその家族

モーランド一家

キャサリン・モーランドの家族は「単純で現実的な」(六四)人々である。一八、九世紀英国の家族は大きな変化をしていき、それまでの大家族から核家族への路線を展開していく。それらを代表するような「家族愛」に導かれるモーランド家は、冒頭説明されているように劇的な人は誰もいなかった。「母親は子供をたくさん生んだが、五体満足でないものはいなかったし、母親自身お産で亡くなることもなく、健在のままである。」（一五）そして、「しばしば『サー・チャールズ・グランドスン』を読んでいる」（四〇）。その割に娘の旅立ちにあたっても、波乱万丈の出来事が襲うなどと考えもせず心配しない。キャサリンの家にいない間ほとんど母親としての存在は主張されていない。キャサリンが帰宅すると、その母としての態度は生活するお嬢さまへのごくまっとうなアドヴァイスをするだけで、娘の心の相談相手になどならない。だが、健全な母親の姿を示している。この姿は、作者から「理解に苦しむほど」であると説明されているが。「両親は、彼女の心のことなど考えも及ばなかった。一七歳の少女がその最初の遠出の旅から戻ってきたのに、不思議な話だ。」（二一九）母親は娘の「沈んだ顔色」から、何も嗅ぎ取らない。娘が疲れていると思い二日間は黙っていたが、そのあとは怠け者になったとがっかりするだけである。そして自分の仕事をしっかりとするようにと娘を諭《さと》す。

二日間はモーランド夫人は、そっと見ないふりをしていた。けれども三日目には休息を取ったにもかかわらず、娘は元気を失ったままで役にたつ仕事もしようとしなかったし、針仕事にも精を出す様子がなかった。もう黙ってはいられなくなり、「ねえ、キャサリン、あなたはとっても素敵なレディーになったけれども、きっとバースのことで頭がいっぱいなのかもしれないわ。でも何ごとにも潮時というものがあるのよ。ダンスや劇や、そういう時間もあるけれど働くという時間もあるのよ。長いこと遊んできたのだから、もう働くときなのよ」(二二四)

父親についていえばフラートンの牧師である彼はほとんど登場しない。キャサリンの兄がイザベラとの結婚を申し出たときに、長男に「できる限りの」財産贈与と職業の委譲を行ない、その結婚を支えようとする温厚なカントリー・ジェントルマンである。「知己も財産もない」(二二二)、父親のいないイザベラとの結婚を決して反対するような両親ではないことを兄も妹も力説するほど、親と子の信頼関係は堅固に存在する。娘は両親の意向を心配するイザベラに、即座に大丈夫だと答えることができる。また、娘の帰宅が延期することに関して、ご両親が心配するのではないかと問うエレナーにキャサリンは以下のように説明する。「ええ、それに関しては大丈夫よ。娘が幸せであれば、いつも満足なの」(二〇七)と非常に気楽に生活している一家なのである。

妹と兄のかかわりあいも深いものではない。兄が唯一キャサリンに主張したのは、イザベラと一緒にいきたい旅行にキャサリンが同行を断ったときに無理強いした言葉ぐらいである。兄は、オックスフォードの友人ジョン・ソープに誘われクリスマスに家を訪れイザベラ・ソープに会う。とくにそれをキャサリンには伝えておらず、兄と妹はバースの街で偶然出会うという疎遠ともいえる間柄である。兄はキャサリンがそこで友人となっていたイザベラと恋仲になるが、彼女との関係が壊れたときには手紙で知らせるぐらい。ただ、この兄と妹の関係が実は財産相続における正当な継承者の兄と被保護者の妹の関係であることは、作者から暗示されている。イザベラとの結婚話になったとき、家族の中での兄妹の権利関係の図が示され、以後のオースティン作品に共通する問題が提起されている。

ティルニー一家

見た目も美しく「なんてきれいな人たちなの」(七七)とキャサリンがびっくりするティルニー一家は、外見は誰もがうらやむような幸せな家族である。ところが、偏屈で残酷、独裁的な父親に統制されている、典型的な封建制度の名残りのある、家父長に絶対服従の一家である。父親は、「家族の中の普通の出来事に何かと法律を押し付けたがる」(二三〇)。子供たちの心を監視し自分のことばかり(一四八)を考えている。ノーサンガー・アベイという広大な邸宅を所有し、ロンドンにも小さな別宅を借用し、旧来の紳士階級の典型のような、家父長制度の独裁的支配権を父親がひたすら握っている。このような父親の変わったところは、生粋の大ジェントリーに属するにもかかわらず、「職業を持つこと」を子供たちに勧めていることである。次男ヘンリーは、一二マイル離れたウッドストンに自分の住まいを構え、牧師職を持っている。長男フレデリックは、軍隊に職を持っている。これは、父親のティルニー将軍の方針なのである(一六六)。このような父親が決してキャサリンが思うような自由で寛大な家父長ではなかったことが物語の中盤で明らかになる。結局、旧来の生き方に従った古臭い、心のない形式主義者なのである。その専制君主の父親が最終的にキャサリンとヘンリーの結婚を黙認したのは、ただ、娘エレナーが貴族階級の紳士から求婚されたという、彼にとっては階級を上昇する階段をまぢかにした感触を得たからである。「その主な原因は、自分の娘が財産と爵位のある人と結婚することになったから」(二三三)。この青年も「思いがけなく、財産と爵位」が手に入ったために、いままではできなかった結婚をエレナーに申し出た。このためヘンリーは父親から「馬鹿になるのもいいだろう」(二三三)という承諾を得たという、皮肉っぽい書き方をされている。しかしとにもかくにもこの若者のおかげで、「私のヒロイン」キャサリンの方も「完璧な幸せ＝結婚」にこぎつけることができた。いかにも行きあたりばったりな解決方法ではあるが、このほんのちょっとしたきっかけが大きな幸せを運ぶという、まことに些細な事により「ドミノ倒しの」幸せが導かれるという人間界の大きな運行のアイロニーは、以後のオースティン文学のハッピー・エンディングを迎える常套となって、結婚の皮肉を描く格好の方法となっている。その上、ここでもオースティンは、この物語が作り物、「私の寓話 my fable」であることを主張する。エレナーの婚約者を最後に突然登場させせた不自然さにかこつけて、作者はドミノ倒しのような関連性を持つよう意図した物語であることと、次のように説明している。

よってこの問題の人物に関して、作者がつけくわえるのは以下のことであります。私の寓話と無関係な人をここで急に紹介するのは、物語作りのルール違反であることはわかっています。実はこの人はノーサンガーに長いこと滞在していた人で、その召使いが洗濯やの（前述した）請求書を置き忘れ、そのことによって私のヒロインがもっとも驚くべき冒険の一つに巻き込まれていったのです。（二三四）

ソープ一家

両親も立派にそろっているごく普通のヒロイン、キャサリン・モーランド。両親はあまり娘の世話を焼くことはしないが、たとえば結婚の承諾に関して、相手の父親の賛成を得ることを必須条件にするなど、紳士階級の娘として何が重要かをしっかりと認識している。キャサリンは、何も知らない無知な世間知らずのお嬢さまではあるが、自分の行動がモラルに反するかどうかは常に気にしており、アレン夫妻に折々たずねている。このパターンの反対を示すのが、自分たちの楽しみを追求することを第一に考えて、いわゆるしきたりなどを気にしない奔放なソープ兄妹である。「彼らは、逼迫した家の者である」（二三〇）。イザベラとジョン・ソープの登場によりキャサリンの考えもぐらつく。しかも一緒にバースについてきたこの兄妹の母親は、娘のそばにいるのにモラル面での指導者とはなれない。母親としては娘が幸せな結婚、身分を上昇させる結婚、得な結婚をするのが第一である。そのためには子供の行動が少しばかり常識からはずれ、お行儀が悪くてもたしなめることもなく、かえってそれを奨励する。イザベラの恋の相手となる優しい男とその理解ある妹がモーランドの兄妹である。このような登場人物の図式は以後のオースティンの作品の中でしばしば用いられているものである。『分別と多感』のやり手のスティール姉妹、『マンスフィールド・パーク』のクロフォード兄妹など。モラルにいいかげんな一家は、結局作者から好まれることなく、その自分勝手さのみが際立って描かれ、最後には作品から消えることになる。きっと兄のほうは、相変わらずロンドンやバースで馬や馬車を駆って遊んでいることであろう。妹は、やはりバースなどの社交場で、ハズバンド・ハンティングを繰り返していることだろう。自分の身分を引き上げてくれる紳士階級の夫を見出すまでは。

「お嬢さまヒロイン」、キャサリン・モーランド

前述したように、この作品の「お嬢さまヒロイン」のキャサリンは、平々凡々たる両親ときょうだいたちに囲まれた、普通の紳士階級のお嬢さまである。頭も良いほうではないし、最初のうちはあまり器量もすぐれていない。ジェイン・オースティンのヒロイン造形を各作品に探ると、どのように普通の女がヒロインになれるかという、後に『ジェイン・エア』でシャーロット・ブロンテなどが試みた努力をすでに作者が行なっていたことがわかる。※5 紳士階級のどこにでもいるような娘が現実社会のヒロインなのである。彼女たちの青春がどのように彩られて幸せな結婚へと向かうのか。当時のお嬢さまの最大の関心であり重要事であることがリアリスティックに取り上げられている点からも、近代市民社会の中で普通のお嬢さまがヒロインになる物語がいくらでもありうること、誰にもそれぞれ

の物語が語れることをオースティンは主張したと考えられる。『ノーサンガー・アベイ』を創作するに当たって、作者はこれまでの歴史には女が出てこないので、「言語が生み出した素晴らしい力を持つ小説の世界」で女を書き、そのヒロインを最終的には一人前の人間として活躍する存在にしたいとばかり、これからのオースティン文学の説明を行なっている。三人のお嬢さまを描いた作者がキャサリンに焦点を当てたのは、キャサリン・モーランドが当時の典型的な、普通の女の子の特徴を有していたからだ。無知ゆえの強さと、それを恥じる気持ち、そして自分の方から行動する姿を描かれているこのヒロインは、オースティンの作品の中でもとくに「大人になっていない」。だが、シンデレラ物語の結末に一番適ってもいる。ヘンリーの妹エレナーとその相手が偶然貴族になるという幸運のために父親の気持ちが緩和され、キャサリンとヘンリーの結婚にもつながったという、「ドミノ倒しの幸せ」が完成された。相手方の父親の同意といううまことにまともな結婚条件のみを出したモーランド一家の納得のもとに、幸せな結婚が無理なく行なわれる。当初のティルニー将軍の大反対にもかかわらず、最終的には、弱い立場のキャサリンの家族と若い二人は希望通りの形で結婚を成就することにより勝利したのである。普通の者が成し遂げていくことの大きさ、このアイロニカルな結末こそ、次世代にオースティンが伝えようとしたことであろう。

作者の創り出すアイロニー「象の牙」

作者の次世代への伝言は、「この作品の方向は、親の横暴を進めるものなのか、子供たちの不服従を推奨するものなのか、それは関心ある方どなたのご判断にもおまかせしましょう」（二三五）と語られている。そして、「若い者たちの気持ちがもちろん優勢を占めて、ティルニー将軍は軟化せざるをえない立場に」追い込まれ、旧来の紳士階級の権威は地に落ち、新しい人々に取って代わられることが作者から伝えられて、お話はハッピー・エンディングを迎えることになる。これは若い人たちの勝利とともに条件闘争を勝ち取った「普通の」紳士階級の一家、モーランド家の勝利の物語である。彼らは中産階級の模範というべき確固とした信念によって生きている。「穏やかな人たちだけれども、生き方は揺らがない」。（二三二）たとえば、自分の娘が馬車も召使もつけずにティルニー将軍によってノーサンガーの館から追い返されたという屈辱、この信じられない事実に対して「見過ごすことのできない侮辱」（二一八）と当然の憤りを示す。だが、その後、娘がその家族の一員になるというヘンリー・ティルニーからの結婚の申し込みに対しては、良縁を面子から断るなどという非建設的なことをしない。彼らは、現実的な賢さを有する両親である。だからこそ決して娘の結婚を無条件では許さない。ある意味ではまっとうな、かなり厳しいけれども賢明な条件を出す。両親がキャサリンの結婚に際して出した条件とは、ヘンリーの父親の承諾を取るということだけだった。これはとても不可能と思えるものではあるが、当時の紳士階級の両親がもっとも必要とするものであったろう。その上で二人の交際を禁じることはせず、まだ条件が整わない二人の文通も黙認するという、生活の知恵のある人々である。「キャサリンが手紙を受け取ると……両親はそっぽを向いて見ないふりをするのだった」（二三三）。娘とヘンリーの手紙のやり取りは認め、しかもその手紙がきたら横を向いて見ないふりをするほどの純朴な、だが世知に長けた母親なのだ。このような寛容さと賢さが、娘の望外に幸せな結婚を導きだしたと考えてよいだろう。とてもつりあわないほど上の、ヘンリーとの結婚を対等にきちんとなしとげたとしたら、『自負と偏見』のべネット夫人と変わらない、したたかさすら見られるではないか。そう、この母親の信条は「生活の中で学んでいく」（二二〇）という堅実的なもので、そこに作られた現実的な家庭がモーランド家である。そしてこの家族が唯一示した結婚の条件はこの家族の特徴と主張をよく示すものであり、もっとも正しいものでもあり、台頭する中産階級の強さを示すものなのだ。※6

作者の最後の問いかけは「親をとるか、子供の幸せか」ということ、「子供の不服従、それとも、親の反対どちらが強いのだろうか」ということ。そしてその上に「ロマンスにおける新しい展開」を「いままでのヒロインの権威を損なうようなこと」で達成すると、作者は説明する。すなわち女の子のほうから愛を表明することで、新しい男女のかかわりを成功に導くとジェイン・オースティンは説明する。「普通の生活の中の」このようなヒロインを、作者の「野蛮な想像力」によって生み出すのだと、自分の小説家としての使命をさりげなくアイロニカルに語っている。

彼女は彼の愛情を確信した。そしてその心は満たされていた。というのもたぶん二人とも、すでによく知っていたのだ。彼女の心が彼のものだと。なぜかといえば、ヘンリーはいまでは心底、彼女に惹かれていた。その人柄の素晴らしさに喜びを感じていて、心から彼女と一緒にいることを愛していた。けれども作者の私がいいたいのは、彼の愛情はまず何よりも感謝によって生み出されたということ、すなわち彼女の愛情が実際に彼に示されたことが、愛するようになった最大の原因であったということである。これこそロマンスの新しい展開だと思う。そしてこれによってヒロインの権威が著しく傷つけられることになり、このようなことは普通の生活においてまったくいままでなかったというのならば、私の野蛮な想像力が生み出した手柄は、少なくともすべて私が受け取ることになるでしょう。(二二七)

「お嬢さまヒロイン」、キャサリンの女らしくない、はしたない積極性が二人の結婚というハッピー・エンディングをつくり出したのだという説明である。周到に行なわれているのは、作者が従来の守られる一方のヒロインの権威を傷つけて、女からの行動、愛の表明をさせているとした点である。ヒロインのこれまでの面子を無にしても、新しい小説の女を作ると宣言し、「恥ずかしがり、赤面する」お嬢さまが、積極的に男の心を誘導する楽しさを述べている。これはつまりは偉そうな紳士階級の男のたわいなさを実は面白がっていたのではないだろうか。作者がこれまでのヒロイン像と違うものを作ろうと意識していたのは周知のとおりだが、「好奇心の強い」積極的な女、新しいヒロインを自分の責任で創り出そうとしていたと思われる。

この作品でキャサリンが最初からヘンリーを好きで待っている姿は描かれているが、ヘンリー・ティルニーの告白はいささか唐突である。ノーサンガーの館で、男と女が長いこと一緒にいれば、当然、二人の間に恋とか愛とかの感情が生じてくることもあるだろう。だが、男性の側からのその描写はほとんどない。キャサリンが一方的に思いを寄せていて、そこに唐突に彼からの求婚がある。すなわち何十マイルも離れた場所[※7]に、父親の無礼をわびにやってくる王子さまの役をヘンリーがするという不自然さ、求婚の不自然さは、最初から作者がこの二人をハッピー・エンディングに持っていこうとしたからに違いない。それゆえ提出される「お嬢さまヒロイン」は、恋するヘンリーを思って「眠れないなどということのない」健康な人間に造形されていた。だが、その女の子とその家族は結局は自分たちの意志を通し、従来の典型的な紳士階級の絶大な支配者に対してシンデレラ物語を完成させてしまった。さらにジェイン・オースティンはこのヒロインを作り出したヒーローに対して以下の皮肉、「象の牙」を付け加えることも忘れない。

彼女は、心から自分の無知を恥じた。だが、これは間違っている。というのも、美しい女の天然のお馬鹿さん度の利点はこれまでも先輩の作家の筆によってすでに述べられている。このことに関して私は男性のために、ほんの少し追加するのみである。ある男にとっては、女の愚かさは彼女たちの人間的な魅力の中の最大のものである。……でもキャサリンは無知であるという自分の魅力がわからなかった。ある意味、男は自分たちがあまりに賢くて理性的だから女性に対して無知よりももっと上のものを望む必要はない。だがキャサリンは自分の魅力について知らなかった。すなわち、きれいな女の子の優しい心と無知な心は、特別不利な状況がない限り、若い賢い男の人の心を必ず虜にするということを。（一〇六）

もしそれが、「男は賢すぎるからお馬鹿な女が好きだ」ということなら、あまりにもシニカルないい方だ。だが、この「お馬鹿な」お嬢さまが結局あの強固な父親をあきらめさせ、自分の最大の幸せを自分の手で勝ち取るところまでもっていったとすると、これは一八、九世紀に台頭していった新しい人間社会の中産階級の力に対するジェイン・オースティンの予言の言葉ともいえよう。「野蛮な想像力」が作り出した、「私のヒロイン」の「権威に傷をつけた」成果なのであるから。単なるシンデレラ物語にも見えかねない『ノーサンガー・アベイ』の持つ「象の牙」が、このような「普通の」「愚かな」女の子からの、旧来の紳士階級の典型、家父長制度の頂点に立つ社会を担っている賢い男性への対等宣言ならば、これこそ作者が作り出した次の時代の物語、その社会に対する「象の牙」探索にふさわしい幕開けなのだ。

第二章

『分別と多感』
メアリアンとエリナーに見る幸せの秘密

分別と多感（1811）

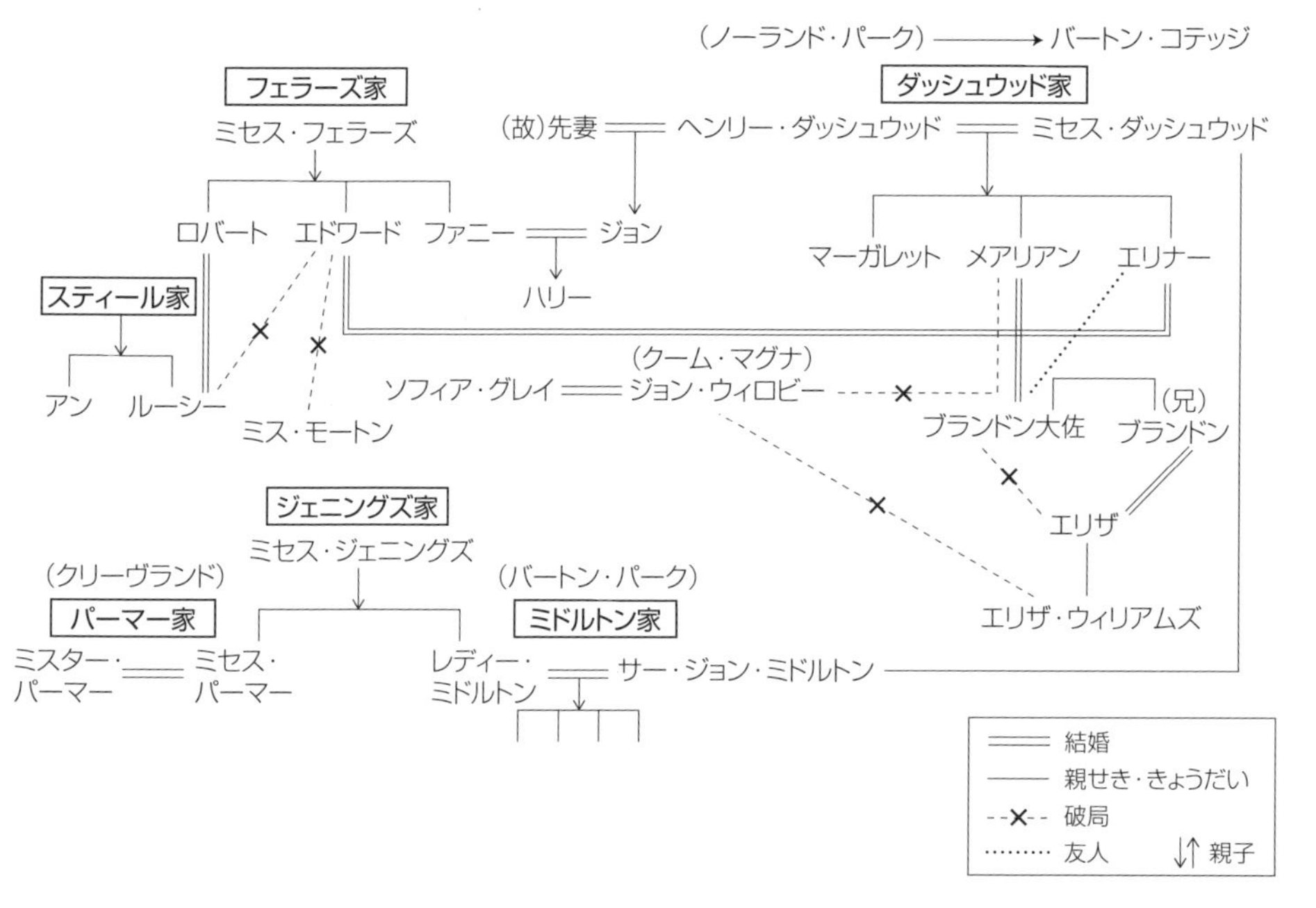

（ノーランド・パーク）
バートン・コテッジ
ダッシュウッド家
（故）先妻
ヘンリー・ダッシュウッド
ミセス・ダッシュウッド
マーガレット
メアリアン
エリナー
ジョン
ハリー
フェラーズ家
ミセス・フェラーズ
ロバート
エドワード
ファニー
スティール家
アン
ルーシー
ミス・モートン
（クーム・マグナ）
ソフィア・グレイ
ジョン・ウィロビー
ブランドン大佐
（兄）
ブランドン
エリザ
エリザ・ウィリアムズ
ジェニングズ家
ミセス・ジェニングズ
（クリーヴランド）
パーマー家
ミスター・パーマー
ミセス・パーマー
（バートン・パーク）
ミドルトン家
レディー・ミドルトン
サー・ジョン・ミドルトン
結婚
親せき・きょうだい
破局
友人
親子

幸せ＝結婚物語の始まり

『分別と多感』（一八一一）は、ジェイン・オースティンの作品のなかで最初に出版された。だが『自負と偏見』（最初、「第一印象」"First Impression"）、『ノーサンガー・アベイ』（最初、「スーザン」）とこの作品のうちどれが第一に完成したのかは、明確ではない。一七九五年に書簡体小説の様式で書かれ家族などに披露されていた「エリナーとメアリアン」"Elinor and Marianne"と名付けられていた作品が、現在の三人称形式の小説に変更され『分別と多感』として出版されたと思われる。この作品には魅力的なお嬢さま、エリナーとメアリアン姉妹が登場する。二人の「お嬢さまヒロイン」は、一人が「分別」を、もう一人が「多感」を代表する寓話物語のような登場人物といわれることも多い。だが、両者がそれぞれに両要素を合わせ持ったお嬢さまであり、両極から中心に近づき、人間の中にある分別と多感という二つの特性を具現化している非常に似通ったヒロインとも捉えられている。※1 この二人のお嬢さまは正反対のような性格描写をされているが、重なるところの多いヒロインと考えられる。最後には二人ともが幸せな結婚を手にするというパターンまで似通っていて、そこに至るのに同じ軌跡の上をなぞってもいる。この二人の「お嬢さまヒロイン」を中心に繰り広げられるシンデレラ物語が『分別と多感』である。よく取り上げられる二人の会話がある。

「みんなが完璧に幸せになってほしい。みんながそうであるようにわたしにはわたしの幸せがある。わたしには、それは地位とかは関係ない」というエリナー。するとメアリアンは、「……お金があるとか地位とかは幸せと何の関係もない」という。

「ええ、地位はね。でもお金があることはとっても関係すると思うわ」

「エリナー、恥ずかしくないこと！　お金があることなんて、他に何にもないってことよ。幸せを生み出せるものが。必要なお金以外、お金なんてわたしには満足を与えてくれないの」

「多分、私とあなたは同じところに（the same point）行き着いているのよ。あなたがいう必要なお金というのは、わたしがいうお金があるってことと同じものなのだわ」

（九〇）

幸せ＝結婚というパターンがこの作品のテーマである。とくに二人の「お嬢さまヒロイン」の幸せ＝結婚を獲得する経緯をジェイン・オースティンは描く。そして物語の最後で、作中人物のすべてが幸せな結婚にいきついたとも述べ、他の作品に比べてさらに「幸せhappy」という言葉が多発されている。それは、すべて結婚に結びついている。だが、実は作者は、作中の主だった登場人物がすべて結婚という幸せに導かれたが、このゆくえがいかにもろいものであるかも巧妙に隠しながらしっかりと伝えている。幸せ＝結婚の中にまさにジェイン・オースティンの「象の牙」が潜まされている。これはジェイン・オースティンの秘密かもしれない。読者は気づかないで、ヒロインが昔のお姫さまのような幸せなエンディングを迎えると考えることが多いだろう。だが、もしその幸せのもろさをも作者が語っていると気づけば、ジェイン・オースティンの秘められた恐さが読み取れてくる。

まず激しい恋の悲劇的な結果を持ったメアリアンは、読者や登場人物あらゆる人の心配のもとだった。瀕死の病からようやく回復した彼女がとうていもう幸せになることはないと自他ともに認めているときに突然起こったメアリアンの結婚は、すべての者の幸福感を高揚させるものである。それればかりかこの結婚は、片思いであるにもかかわらずずっと彼女を思い続けているブランドン大佐の幸せを招いた。また彼が裕福なために女家族のみで逼迫していたダッシュウッド家の生活上の安定をもたらすことになった。大佐から授与された、エリナーの相手のエドワードの牧師職も安泰である。そして読者は何より大佐の幸せが嬉しい。このようにすべての者の幸せ＝結婚の基盤でもあるメアリアンの、ブランドン大佐との結婚を改めて考えてみよう。この結婚は、本当に幸せなものなのだろうかと。

メアリアンの結婚のアイロニー

ダッシュウッド家の次女、美人で感情過多のお嬢さまメアリアンは、偶然出会ったウィロビーとの恋に夢中だった。周囲にもてっきり二人は結婚の約束をしており、その了解のもとに人の目を引く大っぴらな恋人としての行動をとっていると思われていた。だが二人の間には何の約束もなく、結局、メアリアンはウィロビーから手ひどい扱いを受け捨てられる。最終的にはずっと自分を愛し続けてくれていた中年の裕福な、ある意味ではさえないブランドン大佐と結婚する。最後に作者から語られている言葉がある。これらは、物語前半で語られているメアリアンの言葉と比較してみると大変興味深い意味合いを持ったものなのである。

メアリアン・ダッシュウッドは、数奇な運命に生まれついていました。彼女は、自分の意見の間違いを発見するように生まれついていたのでした。そしてその行動によって、もっともお気に入りの金言を自分で否定するように生まれついていました。彼女は、人生晩年の一七歳に出会った愛情を克服して、強い尊敬と大いなる友情のみによって、自分の感情とは異なった相手と結婚することになりました。そしてそのお相手は、彼女と同じに、昔の恋愛によって被った苦しみに苛まれている人です。二年前には結婚するには年取りすぎていると思っていた、フランネルのチョッキという防御服をずっと離せないでいる男の人が、メアリアンの結婚相手でした。(三五二)

幸せ物語『分別と多感』は、最後に適齢期の登場人物みんなの結婚という幸せな結末を迎える。とくにメアリアンの結婚は幸せなもの、それは、ようやく彼女を射止めることのできたブランドン大佐がとっても幸せだったからだと、複雑な語られ方をしている。

いまではブランドン大佐は、彼がそうなってほしいと願う、彼をもっとも愛する人たちと同じように幸せでした。……そしてメアリアンは、自分の幸せは彼を幸せにすることだと思っていました。(三五二)

だが、よく読んでみるとこの幸せは、「本当に」と首をかしげるようなものでもある。すべての幸せの総元締め、ダッシュウッド家の幸せの中心のようなメアリアンの裕福な人との結婚が、実は、以前の彼女の考えとは正反対のものだった。メアリアンの結婚に関する最後の場面は、それまでの作中で語られていた言葉が繰り返され、しかもそれがいかに彼女のこれまでの言動とは逆の皮肉な結末となって「幸せ」に収まっているか、その出来事なのかを作者はそ知らぬ顔をして読者に伝えている。

まず、メアリアンが「数奇な運命に生まれついている」こと、次に、感情豊かなメアリアンが、「自分の感情とは異なった相手」を「強い尊敬と大いなる友情のみによって」選んだこと、自分の「愛情を克服して」選んだこと。彼女を熱愛してくれる相手ブランドン大佐も本当はメアリアンと同じに過去の「愛によって被った苦しみに苛まれている人」であること、そして、この結婚は一七歳というメアリアンにとっては「人生の晩年」の出来事であること。その男との結婚などと考えもしなかった「年上の相手」、しかもかっこ悪いといっていた、「フランネルのチョッキ」を必要とする病弱な男であること。絶対に結婚の相手とは考えられない人だった。読者はいままで読んできたメアリアンの結婚観とは、意見も雰囲気も大いに異なっている結婚相手だと思うが、最後にメアリアンはとても幸せな結婚をしたのだと書かれ、納得させられる。それによってダッシュウッド家のみんなが幸せになったのだからという大きなアイロニーで、哀れで滑稽なこの「幸せ物語」は終わっているのである。しかも根本の結婚観に関して、物語の初めにメアリアンは自分は絶対に趣味の違う人とは結婚しないと、姉の相手のエドワードにかこつけて宣言してさえいる。「わたしと感覚、趣味の異なった人とは、幸せになれない」(一九)と。作者は、幸せ＝結婚のパターンそのものに、「象の牙」をこっそりと潜ませ、創作上の秘密のこのパターンを慎重に読むことのできる読者にこっそりと垣間見せているかのようである。ただのおとぎ話にしないで、次の時代にその物語を託していくオースティンの秘密の武器でもある。完結したのではなく、ハッピー・エンディングの後も継続する物語、これこそがジェイン・オースティンの結婚物語なのだ。

エリーナの幸せ＝結婚

では、もう一人のヒロイン、エリナーの幸せ＝結婚の場合はどうであろうか。理想的なエリナー、だれもが尊敬するエリナーの結婚こそが幸せそのものなのだろうか。ダッシュウッド家の長女エリナーは賢い女で、家族のみんなの苦境を的確に判断して、父親亡き後の女家族だけの一家を悲惨な状況から救う。ブランドン大佐のよき相談相手であり、愛するエドワードの秘密の婚約者ルーシーが「秘密の婚約」をこっそりと打ち明けるほど、「信頼される女」である。ときには妹メアリアンに説教し、母親に対してすら自分の意見を述べ説得する。彼女が信頼する相手なら信用すると、ブランドン大佐はエドワードに牧師職を授ける。このような模範生のエリナーが最終的には自分の最愛の相手エドワードと結婚できたのだから、本当に幸せなヒロインなのである、とオースティンは述べる。二人の結婚は、「この世のもっとも幸せな夫婦」(三四八)を作ったと。

だが、ここにあえて疑問を提出したい。多くの人に好かれているエリナーが作者からその価値観をもっとも高く評価されているというのは、確かだろうか。本当に彼女の結婚は幸せな結婚なのだろうかと。エリナーの結婚が単なる思い付きの結婚、運命の転んだ結婚、偶然の結婚ではないと誰が断定できるのだろうか。二人の結婚は、彼女の恋の相手エドワードの「秘密の婚約者」ルーシーが、エドワードの弟ロバートと結婚したために他ならない。エドワードは自由になりエリナーに求婚したという、何とも滑稽な巡り合わせによる幸せ＝結婚だった。すべてのものが幸せに導かれた一因、とくに、エリナーとエドワードの結婚成就というこの幸せの根本は、このような「恩寵」からだった。もちろんルーシーとロバートは、新居で「何ヶ月かは幸せそのものの日々を送ったのだった」(三五〇)。そして、ルーシーがいなくなったおかげで、愛するエドワードとエリナーは結婚でき、その家にメアリアンがしばしば滞在し、彼女を熱愛するブランドン大佐が頻繁に遊びにきて、二人の結婚が導かれた。以上、ドミノ倒しのような結婚パターンとなり、その結果いたるところに幸せが溢れることになった。

しばしばオースティンの作品に関していわれる結婚物語、シンデレラ物語の進行を持つこの作品が、実は、作者が意図的に作った「幸せ物語」であるという秘密を考えよう。その場合に、この作品に多発する、「幸せ（happy）」という言葉が重要な手掛かりとなっている。この言葉はおとぎ話や伝統的なシンデレラ物語と密接に関わってオースティンの作品全部に頻出する。オースティンは、結婚すなわち幸せという従来の伝統を崩すことなく、その枠組みをわざと固持しながら作品を書いている。けれども、ジェイン・オースティンの文学は、枠組みを守って作品を書き上げていること自体が作者の大いなる、アイロニカルな試みなのである。「幸せ」という言葉自体がオースティンの「象の牙」なのだ。

エリナーは賢いのか

まず作者の秘密を考えたときに、エリナーは本当に賢いのかということをいま一度考えねばならない。この物語の作者の皮肉、秘密の第一は、エリナーに対する評価であろう。誰も、エリナーが賢い、立派な「お嬢さまヒロイン」であることを否定はできない。エリナーは、理性の人ともよく語られている。だが、本当に彼女は賢い、理性的な女なのだろうか。いま一つはっきりしないのは、なぜエリナーはそれほどまでにエドワードを好きなのかということ。エドワードの四年前からの秘密の婚約者が目の前にいるのを知りながら、一心に彼を慕っている。その婚約者は彼に適していないと勝手に自分で判断して、彼の愛情を信じて待ち続けているエリナーは、賢い女といえるのだろうか。この一途さによって最終的には結婚を獲得できたのだから、賢いのだろうか。なぜエドワードをそれほど愛しているのか、この点に関しては作中きちんとした説明は得られない。にもかかわらず、エリナーはエドワードを盲目的に愛している。彼女はエドワードのことになると、まわりが見えなくなってしまう。このことは慎重にだがはっきりと作者から提示されているのである。

この作品の一番重要な場面はさりげなく、大した意味もないように作者から語られるが、それこそがジェイン・オースティンの秘密である。エリナーが犯した大きな間違いがさりげなく述べられている場面がある。エリナーが自分の独りよがりの間違い、エドワードの愛を信じ込む最大の根拠になったエピソードが淡々と語られている。エドワードの指輪に編みこんだ髪の毛の主をエリナーが誤解するエピソードは愚かしく滑稽である。その前にウィロビーに関して妹マーガレットが同じような間違いを犯したときは、エリナーはその軽率さをたしなめているのに、自分のときにはさらにエドワードを愛し続ける根拠にさえするのだ。エドワードが指輪に編み入れて持ち続けている髪の毛を自分のものだと誤解して、彼の愛を信じ込む。うれしさで顔を染めるエリナーのかわいさに隠れて、読者はその場面の意味にあまり気づかない。

エドワードがはめている指輪の毛髪に気づいたメアリアンは、それは自分たちの義理の姉、すなわちエドワードの姉のものと思うが、エリナーはてっきり自分のものと信じ込む。本当はこの毛髪は、エドワードの秘密の婚約者、ルーシーのものだった。だが、エリナーは応々にして自分の都合の悪いことは信じない。とくにエドワードに関してはなかなか慎重で、婚約の話を聞いたときも、結婚の話を聞いたときも、すぐにそれを信じ込むことはしない。だが、この髪の毛に関してはかえって逆の自信を示す。自分のものだと信じこみ「満足し」、「きっとこっそりと盗ったか、手に入れた」（九六）と確信する。どのようにしてエドワードがそれを手に入れたかを想像し、メアリアンと同様「心に思い描く幸せ」に酔い、ほほを染める。これは、作者の秘密だと思われる。作者が仕込んだ秘密の「象の牙」、エリナーへの笑いである。エリナーのかたくなにエドワードを信じる姿が、結婚へと結びついたのは確かだが、この信じ込む姿に、オースティンのシニカルな笑いが隠されているのだ。後になって「秘密の婚約者」ルーシーが登場して、直接、エリナーにこの間違いをわからせるのだからさらに残酷である。

ルーシーはエリナーにいう。「私は、彼に髪の毛を指輪に編み入れたのをあげたの。彼がこの間ロングステイプルに来たときに。きっとその指輪をご覧になったと思いますわ」（一二九）

秘密の婚約

ジェイン・オースティンの作品の中で、「秘密 secret」という言葉は、「幸せ」と同様、重要なキーワードとなっている。※2 オースティンの作品の中で、秘密がどのように巧みに扱われて人間界の機微を示すものとして利用されているかを見ることは興味深い。とくに、『エマ』のジェインなどに代表されるような「秘密の婚約」は、プロット自体に大きな影を落とす役割を果たす。『分別と多感』においてもこの作品の方向を決める。エリナーの恋の相手エドワードがルーシー・スティールと四年前から秘密の婚約をしていたという事実は、作品の途中で直接ルーシーからエリナー本人に、秘密という形で明かされる。エリナーは、他の人には漏らすことのできない秘密の共犯者としての立場をとらざるを得ない。この結果起こる人間関係のもつれと交錯は、オースティンの文学の基盤をなすユーモア、皮肉、アイロニー、揶揄、様々な人間界の模様を描く「象の牙」として、作者の真髄を示す。この作品の最大の面白さ、重要さは、「秘密」と「幸せ」が連結され、その最大の秘密が、実にくだらない明らかにオースティンが評価しない登場人物ルーシーによってなされることである。そして最大の幸せが、そのつまらないルーシーとロバートという人物たちによって始められ、ドミノ倒しの幸せ成就という形式をとっているところであろう。

女の幸せ物語

オースティンが幸せ＝結婚にこだわるのは、当時の社会状況と大きな関連がある。オースティンの他の作品にも共通するが、この物語の始まりに女性の財産権の問題という重要なテーマがさりげなく語られている。「ヘンリー・ダッシュウッドには、先妻との間に一人の息子、そして現夫人との間に三人の娘がいた」（五）ことによって語られているのは、この家族においては父親の死後、現夫人との子供は女ばかりであるから誰も相続権がなく、彼女たちには居場所を失う危険と恐怖が常につきまとっているということだ。父親の死から始まるこの物語の冒頭で、長男の嫁がこの館の女主人として出現したため、夫人とその娘たちはその館の客、居候、そして追い出される立場にまで落とされる悲哀が語られてる。「ジョン・ダッシュウッド夫人（長男の妻）は、いまではノーランドの女主人として君臨していた。そして、彼女の義理の母と娘たちは、訪問客としての立場に落ちてしまった。」（一〇）舞台設定はのどやかな田園地帯、登場人物は紳士階級の男女であり、彼らが繰り広げる社交、社会に興味の中心はおかれている。おせっかいで、おしゃべり、人の良いジェニングズ夫人が物語の進行係の一人、また道化役として存在する。彼女の楽しみは、「世の中すべての人が、結婚にこぎつけるようにする」（三八）こと。結末はめでたし、めでたしの念願どおりになった、幸せな物語である。とくにジェニングズ夫人の究極の幸せは、大好きな、エリナーとエドワードが結ばれて、自分の暇をつぶす場所が堂々と獲得されたことである。

ところが作者は用心深く、当時の女たちの幸せとは何かという疑問を呈している。幸せ幸せというが、不幸と幸せの定義はあるのだろうかと、幸せ自体のあいまい性を指摘する。何気ない様子で不幸も幸せもそれを受け取る側の心の問題であると言及している。その実態のなさは母親の気質に関わって語られている。彼女が幸せなとき、それは「気分が良いときにはとても快活。幸せを一生懸命思うこと自体が彼女にとって幸せだった」（一〇）と。

さらに、「個人の幸せはある程度、偶然に左右される」（二二三）とあるように、作者は絶対的な幸せなどないと考えていて、当時の人々が追い求めている幸せのあいまいさとその実態のなさを述べている。幸せな結婚に結末を持つシンデレラ物語が、実に不吉でもろい「幸せ物語」であり、それを目的にする同時代の不安が語られているのである。幸せ＝結婚という当時の社会通念は女たちの生き方を縛った。そして「お嬢さまヒロイン」たちは、いかにその幸せを成就するかで頭を絞ったのであるが。

結婚を導く「象の牙」

信じた相手に裏切られた傷心のメアリアンの心をいやしたのは、ブランドン大佐である。彼女にとって絶対に結婚する相手とは思い込めなかった大佐との結婚ですら、読者や周囲の者たちを安心させる。あれほど夢中で愛していた相手から捨てられたメアリアンがどうにか幸せになってほしいと願うのは、当然のことだろう。時間がたてばどんな相手でもこれほど良い結婚相手もないと考えることも可能になる。メアリアンの結婚は、そのような理性の勝利の結婚だったかもしれない。エリナーの場合は逆である。相手の気持ちを確認するまで最後の最後まで、一途に愚かに相手を信じきることで幸せな結婚に結びついた。信じて信じて自分の愛がすべてと思っていたエリナーの思い込みの強さを、作者は最後に暖かい目でもう一つの少々ひょうきんなエピソードによって述べている。使用人から結婚直後のミセス・フェラーズと会ったと伝えられたエリナーは、それがエドワード・フェラーズの夫人と思いこんで、いよいよエドワードがルーシーと結婚したのだと思う。だが、実際はルーシーは彼の弟のロバート・フェラーズと結婚してミセス・フェラーズになったのだった。この間違いが判明したとき、エリナーは嬉しくて泣く。そして、相手のいなくなったエドワードは自分の本当の愛の気持ちをエリナーに伝え、めでたく幸せな結婚に至るのだった。絶望的に思えるルーシーの結婚を召使いから聞いたときですら、エリナーは最後の最後まで自分の気持ちとエドワードからの愛を信じ込んでいる。エドワードがたとえ他の人と結婚しても、やはり自分のことを高く崇拝していると信じている。この頑固で感情に盲目的に身を委ねるエリナーの確信、それが勝利へと導いたのだった。エリナーは決してあきらめない「お嬢さまヒロイン」の一人なのだ。

この作品のもう一つの幸せ=結婚、ルーシーの場合は自分の「身に余る」相手をいつも計算している。そのためにはたとえ社会通念に反しても、また、どんな屈辱的な障害があっても、巧みにその結婚の価値判断を行ない努力している。その少しの愛嬌と狡猾さで目的を達成する。ということでみんな幸せになった。だが、ルーシーの場合作者からあまり暖かく描かれていない。裏返せばルーシーのエドワードに対する態度には何も落ち度もないのに。彼が母親から絶縁されても、エドワードについていくといささかもその心は揺るがなかった。こんな健気なルーシーなのに彼女は悪者になってしまう。最後のロバートとの結婚以外、エリナーの愛を邪魔する悪者だったからだ。その悪者のルーシーの決断、エドワードからロバートへ乗り換えるという予想もしない展開によって、すべての人が幸せを手にいれたということにアイロニカルな物語の結末が、『分別と多感』の幸せ物語であった。

偶然の産物である結婚

恋愛相手と結婚相手、その経過を比べたときに、実はこの結婚の、幸せ物語そのものがはかない偶然、組み合わせの間違いなどからでき上がったものであることが語られていた。ヒロインたちの仮の居場所バートン・コテッジの生活は、社交に明け暮れることしか楽しみのないサー・ジョン・ミドルトンの好意、家屋敷の提供にすがる形で成り立っている。ダッシュウッド家の娘たちは辛うじて紳士階級に留まって、お嬢さまらしくディナーとダンスとお茶とお話の楽しい社交生活を送っているが、非常に不安定な将来をかかえている。また、エリナーとメアリアン、二人の「お嬢さまヒロイン」がむかった、ロンドンの宿も偶然から提供された居場所である。このお嬢さまたちは父親の死後、裕福な人々の恩義にすがる独立的ではない生活を送らざるを得ない。

彼女たちに現われた王子さま役のエドワードとウィロビー、この二人のヒーローは対照的に描かれている。エリナーの恋の相手には、登場した早々その格好悪さで周囲の笑いを買うエドワード。「でも、エドワードは若いっていう男じゃないわ。何か足りないのよ」（一九）というメアリアンには、転倒して歩けない彼女を救い、本物の王子さまのように抱えて運ぶ「お気に入りの物語のヒーローと同じ」（四五）ウィロビーが現われる。そのまま、メアリアンは「幸せの季節」（五五）に突入する。この二人のヒーロー、エドワードとウィロビーもヒロイン二人と同じに非常に似通った存在であることが作者から指摘されている。「メアリアンはあるときには、どちらにも加勢できなかった。メアリアンにとってエドワードは第二のウィロビー（a second Willoughby）に思えるときがあった」（二四五）。さらに、メアリ「これほどメアリアンが幸せそうなときはなかった」（五〇）激しい恋を失ったあと、メアリアンアンはひたすら恋人を待ちかねていた。エドワードが出現すると姉妹はその姿をウィロビーと見誤る。なぜわざわざ二人のは「お嬢さまヒロイン」を作り出したのか。この二人の対比、そして結局はその二人の同一性が、作者が読者に示したかったものであろう。正反対に見えるヒーロー二人が、その恋の経過においてどれほどの違いがあるのだろうかと、作者はここで劇的に示唆している。二人ともがその生きる糧を年取った女、母親と親戚の女の手に握られている。さらに同じように恋に陥り、同じようにいえない過去があり、同じように結婚の決断を迫られ苦悩する。

ところがエドワードとウィロビーの結婚の決断は、決定的に異なっていた。最終的に自分の愛よりも生活の安定を望み、メアリアンよりも大金持ちのお嬢さまと結婚してそこそこの幸福を手に入れたウィロビーは、エリナーから軽蔑のこもった非難を受ける。だが、秘密で四年間も婚約をしていて、エリナーへの愛を追うことができずにいたエドワードも、結婚選択において優柔不断さをとがめられてしかるべきだろう。彼の場合ウィロビーと同じように、三万ポンドの貴族のお嬢さまとの結婚ばなしが持ち上がっているが、ウィロビーとは対照的に一家中の反対をおしきって、秘密の婚約をしていたルーシーとの約束を守ろうとする。だが、もう愛していないルーシーとの結婚をかたくなに守ろうとするのは、意固地以外の何ものでもなく、彼の人格の向上につながるものではない。最終的な結婚相手がエリナーだったから、彼の行為のすべてが許された。高く評価されるのは、価値基準の中心がこの作品ではエリナーになっているからだ。そして、そのエリナーの愛した人だから、エドワードの欠点はほとんど述べられていない。その反対をメアリアンが受け持っていたからだといっても良いであろう。ところが、前述したように実際のところ作者はエリナーの価値基準をそれほど高く評価していないという「象の牙」がすでに存在している。作者の秘密とは、当時の紳士階級の女たちがひたすら自分の身分を保持していかなければならない悲哀、必死になって結婚相手を探さねばならない、「お嬢さまヒロイン」の不安定さへの警告をこの幸せ物語に隠していることである。なんとも恥辱に満ちたエリナーの誤解は、作者によってエリナーが万能のヒロインとして指名されていなかったことを明かす。幸せ物語は、幸せ物語としてのヒロインもヒーローもプロットも持っていなかった。

ふたたび不気味なハッピー・エンディング

単なる幸せ物語ではないとしたら、オースティンの意図はどこにあるのだろうか。その時代、その場所に存在すると思われる現実的な登場人物の組み合わせについて考えていこう。第一に、ブランドン大佐のメアリアンへの愛は確実なものだろうかという疑問である。

姉を思いやるメアリアンの心のやさしさ、その美しさにいたく惹かれているが、けれども最初から彼は自分がかつて痛いほど愛した、昔の恋人、薄幸の従妹の面影を彼女の上に見ているのである。メアリアンはコピーとして存在していないとも限らないのである。そして、「心に思い描く幸せ」(九一、一六五)すべてをうけるようにと、最初に夢多きメアリアンの特徴として語られたほぼ同じ語句を用いてウィロビーとメアリアンの結婚を傍観するがごとく去っていったブランドン。そのときは自分が知っているウィロビーの秘密を漏らしてもこの結婚を阻止することをしなかった彼にいかほどの心情があったのだろうか。一方、メアリアンは、最終的に彼女が得た結婚相手ブランドン大佐にどれほどの幸せ感を抱けるのだろうか。たとえ、まわりの人々みんなが幸せだと述べ立てても。周囲には、恋い焦がれたウィロビーがメアリアンを最高の女神と思って暮らしている。「わたしと感覚、趣味の異なった人とは幸せになれない」といち早く宣言している彼女にとって、結婚が成立し、みんなが幸せになればいいと思ったのかもしれない。かつてブランドン大佐は、メアリアンにとっては「不可解、こっけいで、父親ぐらいの歳」(三九)の人物だった。そのアリアンにとっては「不可解、こっけいで、父親ぐらいの歳」(三九)の人物だった。その上病気持ちのブランドン大佐が本当にメアリアンの幸せの相手なのだろうか。メアリアンは一七歳、ブランドン大佐、三五歳。父親ほども年の差があるとメアリアンはいう。結局、結婚して最後の章の幸せな結末に貢献することになったのだけれども。このように、最初に語られていた言葉、文章が不吉な前触れを読者に受け取らせようとするプロットとなっていたのだ。この幸せ物語が実は恐ろしいお話かも知れない、この幸せがすべてひっくりかえることもありうるという作者の暗示を秘めていたのではないか。この点はルーシーとエドワードのエピソードをもう一度強調したい。

なかなか成就されない幸せ物語が、最終的に幸せ物語に変化したのは、ただただルーシーの心変わり、すなわちエドワードからロバートに結婚相手を変えたという荒唐無稽なエピソードによる。ルーシーと幸せな家庭を作るなど絶対に想像もできないロバートを陥落させ、そのうちに義理の姉、母親にも取り入ることができたルーシーのしたたかさ。何でも可能にするあつかましさ、強さを持っている女の子がルーシーなのである。いつまたエドワードが取り込まれないとも限らない。まして、彼女は弟の妻である。両者に接点がないとは限らない。エリナーの新居にメアリアンがしばしば滞在したためブランドン大佐と親しくなったように、またまたエドワードとルーシーの間にどんでん返しが来ないとも限らない。

エドワードとロバートの存在の密接なつながりは、最初から作者によって警告されていた。「幸運なことに有望な弟がいる」(一八)と。本当に弟ロバートがいたことは、すべての者の幸せのために運がよかった。結婚したくない婚約者ルーシーをエドワードから横取りしてくれた弟のおかげで、兄は愛するエリナーと結婚することになったのだから。すべてのものの幸せを招いたのは何かというと、ルーシーがロバートと結婚したことに尽きるという、これほど頼りのない愚かしい幸せがあるのだろうか。この幸せのゆくえには恐ろしい予兆と不安が隠れて存在する。ドミノ倒しの幸せはドミノ倒しの不幸せにいつ変わらないとも限らない。人々が追い求める幸せなどそんなものだという作者の声が聞こえる。最後につけ加えられたおとぎ話の「幸せに暮らしましたとさ」に当たる言葉は以下の通りのものである。

そして、エリナーとメアリアンの幸せについては、ほんの少しなどとはいえないほどのものであって、姉妹であるにも関わらず、また、お互いスープの冷めない距離に住んでいるにも関わらず、いさかいなどはなく、そして、それぞれの夫たちの間も冷え冷えとした関係にはならないで暮らすことが可能だったのです。（三五三）

「可能だったのです」ということは、ここでいう幸せは、冷え冷えとした関係にもなるのだよということであろうか。この二人の姉妹とその関係者はいまのところは違うけれども、いつなんどきその関係が変化してもおかしくはないのだよという、ジェイン・オースティンの意見が隠されていないだろうか。

最初に見た「幸せ」が、プロット上確固たる意味をもっていたし、作者の大いなる「象の牙」であり、次世代への継続を示唆する結末となったのである。オースティンは「象の牙」を「幸せ」という言葉に緩和させ幾重にも伏線を張って、枠組みはシンデレラ物語であるが、その社会と人間への鋭い皮肉、疑問を巧妙に狡猾に提出した。その時代に生き、生活する人間の精神を、隠蔽しながらもシニカルに描く。成功した結婚物語の教訓の陰に、当時の社会に対する「婉曲な憎悪」と、「美しい二インチの象牙の細工が実は『象の牙』から作られていて、繊細な芸術品であると同時にどうもうな探索の道具でもある」[※3]という言がまたよみがえってくる。このような作者のメッセージが込められているとすれば、まことにオースティンの面目躍如たる作品に仕上げられているのが『分別と多感』ということができよう。そしてこのような「象の牙」は、ジェイン・オースティンの作品のあらゆるところに存在するのである。

第三章

『自負と偏見』
読み違えられたエリザベスの魅力

自負と偏見（1813）

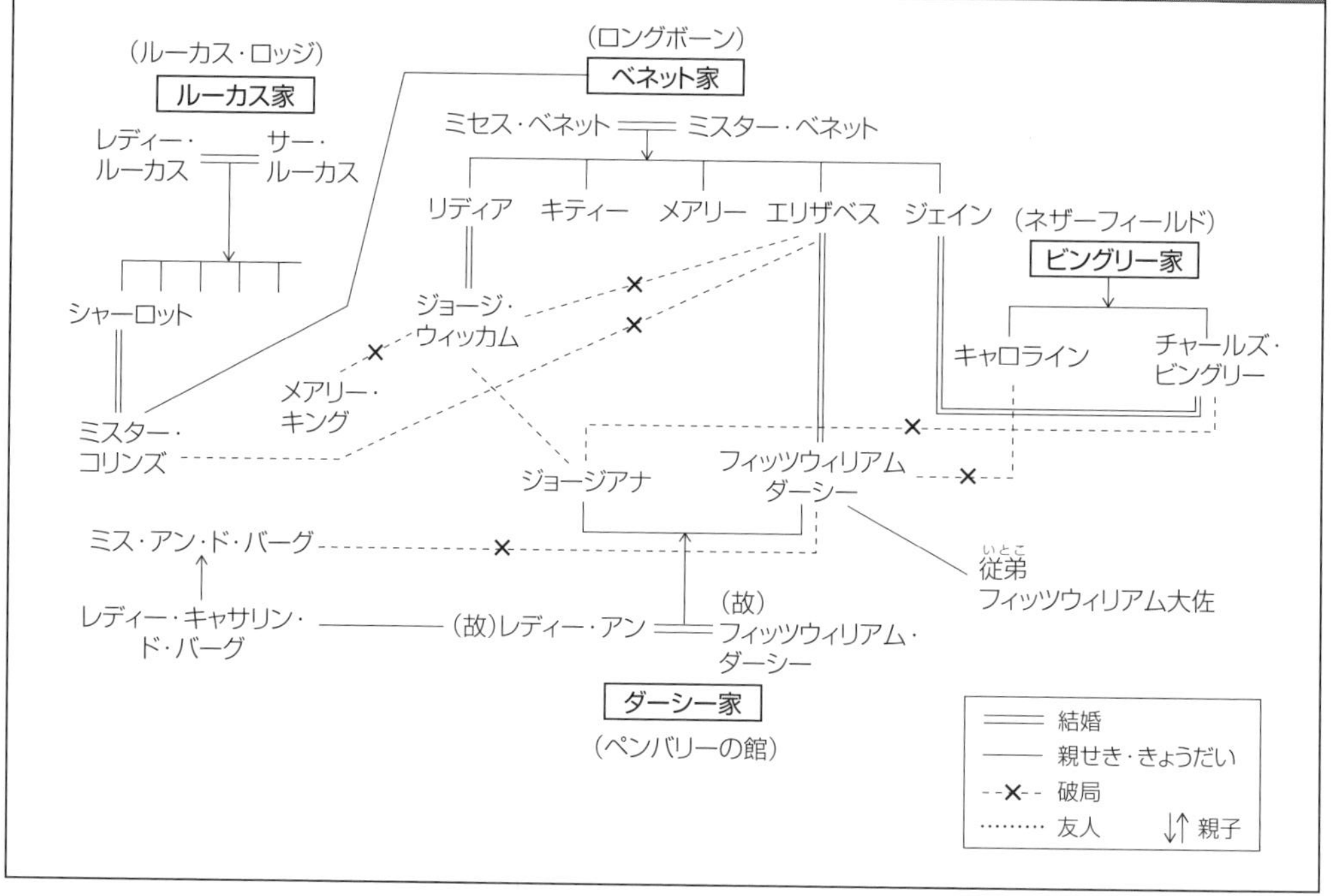

（ルーカス・ロッジ）
ルーカス家
レディー・ルーカス
サー・ルーカス
シャーロット
ミスター・コリンズ
（ロングボーン）
ベネット家
ミセス・ベネット
ミスター・ベネット
リディア
キティー
メアリー
エリザベス
ジェイン
ジョージ・ウィッカム
メアリー・キング
（ネザーフィールド）
ビングリー家
キャロライン
チャールズ・ビングリー
ジョージアナ
フィッツウィリアム ダーシー
従弟《いとこ》
フィッツウィリアム大佐
ミス・アン・ド・バーグ
レディー・キャサリン・ド・バーグ
（故）レディー・アン
（故）フィッツウィリアム・ダーシー
ダーシー家
（ペンバリーの館）
結婚
親せき・きょうだい
破局
友人
親子

エリザベスの笑い

『自負と偏見』の「お嬢さまヒロイン」、エリザベスは物語の最後で、「ジェインは微笑んでいるだけだけど、私は、笑っているの」（三六一）と、同じく結婚が決まった姉ジェインと比べての自分の幸せ度について得意そうに述べる。これは、最後に到達した二人の幸せな結婚に関しての印象的な文章である。ジェイン・オースティンの「お嬢さまヒロイン」のなかでももっとも活発なエリザベス・ベネットと、穏やかで優しい姉ジェインはすべての点で対照的に描かれている。ということで、「幸せ」に導かれた『自負と偏見』の、重要なキーワードとして「微笑む smile」、「笑う laugh」という言葉を手がかりに、読み直してみよう。ジェイン・オースティンの「象の牙」が見出されると思うからである。

『自負と偏見』は、結婚せねば暮らしていけない、相続人の男子がいないお嬢さまだけの地方ジェントリーの一家の物語だ。お嬢さまたちは、最後は母親の希望通り自分たちとはかけ離れた存在の裕福な紳士階級の、意中の人とめでたく結婚にこぎつける。とくにエリザベスは自分とミスター・ダーシーの結婚に関して姉よりも「もっと幸せ」だと断言している。

私は、この世で一番の幸せもの。多分、いままでほかの方も幸せって、おっしゃったかもしれないけれど、私ほど完璧な理くつがあってのことではないわ。私、ジェイ

ンよりも幸せなの。だってジェインは、微笑んで(smile)いるだけだけど、私は笑って(laugh)いるもの。(三六一)

なるほどエリザベスは実によくこの作品のなかで笑っている。※1 彼女の笑いが頂点に達するのは、その幸せな結婚が決まったときのことである。一方、姉のジェインの微笑みはいつも優しさをしめすが、ミスター・ダーシーからは「ミス・ベネットの美しいのは認めるが微笑み過ぎだと思った」(一八)と、高く評価されていない。そのジェインからエリザベスの笑いは一度批判されている。「好きなだけ笑ってもいいけれど、いくら笑ったからといって私は意見を変えないわ」(八四)と。このようにエリザベスの笑いは決して終始一貫、好ましいものとばかりはいわれていない。

とくに、結婚決定後のエリザベスの笑いは一体どのような意味を持っているのだろうか。健康で生き生きとしているヒロインが、その結末でただ幸せに「かっかと笑っている」、それだけなのだろうか。オースティン文学のシニカルな面を考えたとき、彼女の幸せな結婚は文字通りの、枠組みどおりのシンデレラ物語ではないことは予想される。かえってジェインとエリザベスの「笑い」の差から何かを感じ取らねばいけないのではないだろうか。たとえば、「やった!」という快哉の気持ちが、エリザベスにあっても不思議ではない。そのことを作者は巧妙に「笑う」と「微笑む」を通して表現していると考えると、オースティンの辛らつな姿がかなり見えてきて楽しい。実はエリザベスの笑いを暗示する重要な章を読者は前もって読んでいる。

「そうね」とエリザベスは答えた。――「……私は決して賢いことや良いことを笑ったりはしないと思う。愚かなこと、くだらないことやきまぐれ、きちんとしてないことは滑稽に思えるの。そう、そういうときは、できるだけ笑い飛ばしたいのよ」（五六）

エリザベスが笑うのは愚かなこと、くだらないこと、きまぐれなことに対してであり、賢いことや、良いことに関しては「笑う」つもりはないという。エリザベスがおかしがったその最たるものは、物語の初め、以後彼女のトラウマとして存在しているであろうダンス・パーティーの出来事である。エリザベスはダンスのお相手が現われなかっただけでなく、「余っている女なんかには、興味はない」（一三）と、彼女と踊ることを拒絶したミスター・ダーシーの言葉を受けることになる。エリザベスはそれを周囲に吹聴し、滑稽な自分の姿を笑いものにする。自分が女として屈辱を受けたダンス・パーティーでのミスター・ダーシーの言葉に、そうとでもしなければ彼女は立ち直れないほどのダメッジを受けているはずである。それを超越できる女の子などあまりいないだろう。とくにエリザベスのような者にとって笑い飛ばすこと以外に彼女のプライドが納得できる方法はない。

彼女は、この話を友達たちに上機嫌で伝えたのだった。というのも彼女は活発で陽

気なたちの人であって、滑稽なことが大好きだったから。(一四)

そうして、最後にこの男をとりこにしたとしたら、その「幸せ」にエリザベスは、当然「笑い」たくなったことであろう。さらに、彼女の笑いには、しばしば「いたずらっぽい arch、じらすような tease」などの言葉が用いられ、ただの無邪気な笑いではなく、微妙な意味が込められているようでもある。また、この作品で他の登場人物はミスター・ダーシーを初め、笑うとき "smile" を用いられている。唯一例外は、彼女のみを認めるシニカルな父親が「笑う laughing」(二〇六) ことだ。ということで、エリザベスの笑いはただの快い笑い以上の意味を作者から与えられていると考えられよう。

エリザベスを好き?

実に生き生きと笑っている活動力旺盛な「お嬢さまヒロイン」、エリザベスについて作者自身が他の登場人物から比べても魅力的であると、以下のように語って高く評価している。

……彼女 (ミス・ベン) は、本当にエリザベスを敬愛しているよう。実は、私もエリザベスがいままでの書物に現われたどんな人物よりも好もしい人だと思う。彼女を好きでない人を許せるかしらと思うほどである。※2

ここで、作者はエリザベスがすべての読者から好かれる活気のある女主人公であると宣言している。エリザベスは活発、陽気な女の子で、とても好きなヒロインだと。だが、本当にそうなのだろうか。オースティンの言葉自体をそのまま信じなくともよいのではないだろうか。完璧な幸せ、誰からも好かれる欠点のないお嬢さま、満足した人たち、そんなことがこの人生ありえるのか。おとぎ話ならいざ知らずジェイン・オースティンの文学にはありえないと思われる。それは小説に現実を描くという作者の意向とは合わない。なぜジェイン・オースティンはエリザベスを誰からも好まれるようなヒロインとして書き上げたと語ったのだろうか。エリザベスが普通の「お嬢さまヒロイン」であればあるほど、現実と創作上の評価のギャップは少ないはずだ。オースティンがエリザベスを実在の人物のように感じているのも無理はない。後述するが、展覧会でオースティンが、エリザベスの肖像画を探したエピソードもある。けれども大成功者の「お嬢さまヒロイン」が誰からも好意的に迎えられるほど、現実の世界に悪意はないと作者は考えるだろうか。

ここで興味深いのは、この作品の登場人物は必ずしもエリザベスを好きな人ばかりではないという点である。もちろん、架空の世界のエリザベスと現実にエリザベスを受け入れることとは、同じではない。作品の中ではエリザベスを好む人と嫌う人とがはっきりと分かれているのは、作者がエリザベスを好かない人がいることをしっかり伝えたかったからではないか。すなわち、父親にとっては、エリザベスは家族の中でただ一人好きな子供である。姉のジェインはエリザベスが好き、だが、妹たちはエリザベスの存在はうるさい。

母親は自分の子供の中で一番エリザベスが好きではない。最初の相手出現のときの彼女の言。

エリザベスは、彼女の子供の中で一番かわいくなかった。その結婚とお相手（コリンズ牧師）は、両方ともとっても素晴らしいものだったけれども、どちらも（姉の）ネザーフィールとミスター・ビングリーには適わなかった。（一〇一）

またミス・ビングリーは、嫉妬からエリザベスを大嫌いだし、レディー・キャサリン・ド・バーグは階層の順位を重要視しないエリザベスを憎悪さえしている。ミス・ダーシーは彼女を好き、親戚のフィリップス夫妻はあまり評価していないがガーディナー夫妻はエリザベスを好きだ。また、ミスター・ビングリーは彼女を好きか嫌いかの表明はなくあいまい。ミスター・ダーシーは最初、軽蔑的な言葉を発してエリザベスを相手にしなかったのに、好きな気持ちを抑えられなくなる。このようにエリザベスは作中人物すべてから尊敬されたり、好かれたりするような人物ではない。さらに彼女はウィッカムの秘密を知らないままに、彼に関して愚かな行動をとって、自分の欠陥をさらけ出す。このように作中ですらエリザベスは模範的なヒロインではなく、また彼女に好意を持たない人がいるのに、現実世界で誰もが彼女を好もしく思うなどと、作者は本当に考えたのだろうか。ジェイン・オースティンはエリザベスを本当に好きだったのか、また読者はどうなのか。もし、女主人公をシンデレラ物語の登場人物と考えれば、エリザベスは前述したように「やった！」と、一番得な結婚相手を獲得したのだから大成功者。そしてミスター・ダーシーはシンデレラ物語の王子さまだ。読者は作者の言葉にだまされ、エリザベスの魅力ばかりに目がいってしまう。けれども結婚難のこの時代に、ミスター・ダーシーが他のお嬢さまたちを選ばずわざわざエリザベスを自分の結婚相手に選んだことは、かえって読者の中にはエリザベスに羨望を抱く者すらいるような気がする。すべての人がエリザベスを好きだということはありえないのではないか。前述した作者の言葉自体に何かジェイン・オースティンのたくらみが隠されているような気さえするのだ。

ミスター・ダーシーの恋

もう一度問い直してみよう。ミスター・ダーシーはエリザベスになぜあれほど夢中なのかということを。彼がエリザベスを獲得するのにどのようなことをしたのかを見ると、その夢中度がわかる。この点と重ね合わせながら、ミスター・ダーシーにとってのエリザベスの魅力をみていこう。

1. ミスター・ダーシーにとってのエリザベスの魅力

①自分の屈辱を笑い飛ばす。めげない。②元気、朗らか。③彼に迎合する他の女と比べて、しっかりと自分の意見を言う。④そのエリザベスがミスター・ダーシーの性質などを

擁護するとき、ミスター・ダーシーは自分を本当に分かってくれているような気がした。⑤ミスター・ダーシーは社会の基準に迎合するような女に対しては辛らつ。一方エリザベスは、自分は社会の基準を守っているし判断しているという強い自信を示す。妹リディアの行動に関して、父親にすら意見をする。⑥ミスター・ダーシーとのダンスをするときなど、無口な彼に今度はあなたが話す番ですと促すような、エチケットを守りながらも女性の方から話しかけることができる勇気を持つ。⑦読書等の趣味が同じ。そして⑧彼女の生き生きとした美しさ。以上がエリザベスの魅力の主たるところか。

2. ミスター・ダーシーがエリザベスと結婚するためにしたこと

まず、ミスター・ダーシーは早い時期からエリザベスに魅了されてしまう危険を感じていた。なかなか踏みきれなかったのは、手紙でも述べているとおり、明らかにベネット家が自分の家柄と比較して劣っていたからである。生粋の紳士階級からすると、当時の基準では一段低い弁護士などの親戚がいること。エリザベスは弁護士や商人、ロンドンのチープサイドの親戚たちのことを笑われ、レディー・キャサリンからは家庭教師もつけず育ったことを笑われる。実際ベネット家が勢ぞろいしたネザーフィールドのダンス・パーティーでは、一家はどう考えても紳士階級の規範から外れる行動を取って、エリザベス自身を赤面させる。ルーカス家とは違い、小間使いはいるしきちんと紳士階級の暮らしのレベルを保持していると自慢するミセス・ベネット。農作業と交通手段の共用馬だが馬車も一応は保持しているのだから、エリザベスが「私も紳士階級の娘、あなた方と同じです」（三三七）とレディー・キャサリンにいい返したとき、彼女は母親と考えを共有している。だが、ミスター・ダーシーはエリザベスへの愛の告白の手紙で、この両家に横たわる溝を現実として述べる。文化程度がいたく異なっているのだと。

ひきのないことは、私の友人たちと同じに私にもそれほどひどいことに感じられるわけではありません。――けれどももっと他の嫌悪する理由があります。――直接的なものではないからと私自身忘れようと努力したのですが、しかしどうしてもよみがえってしまうこと、好ましくない、あなたのお母さまの親戚の程度の低さ、でもこれはあなたのお母さまたちのあの凄まじい品のない、いつもの言動からすれば小さなことです。おのずと現われるお母さまの品のない態度、妹さまたち、そしてお父さまの態度なのです。（一九二―三）

エリザベスは友人のシャーロット・ルーカスのような、現実をしっかりと認識して自分の状況を把握する通常の分別は持ち合わせていないのかもしれない。称号を持つミスター・ダーシーの叔母、レディー・キャサリンに「自分も同じ紳士階級の娘です」と同等であることを、紳士階級のプライドを崩さずにいいきってしまう。絶対権力のようなこの叔母は、ミスター・ダーシーにとってかなりの重圧のはずである。それなのに堂々と対抗できるエリザベスのこの強さに彼は、参ってしまったのだといってもよい。

エリザベスは、何も無理して結婚してもらわなくてもよいという開き直りにより、女の弱さを持たない「お嬢さまヒロイン」なのである。自分の境遇を卑下しない、勇気のあるお嬢さまなのである。ミス・ビングリーのように結婚してほしいと待ちくたびれているヒロインではない。このようなヒロインが男の求婚を待っている周囲の不安な状態の女から、好かれない方が当然である。

さらにエリザベスを好きでないものにとっては、ミスター・ダーシーは少し小ざかしいだけのエリザベスにひっかかった馬鹿な男の一人としかいいようがないだろう。社会規範も何もかなぐり捨てて、愛する（その愛もあまりはっきりした根拠がないように思われる）人、プライドの少々高いエリザベスの思いのままになってしまった男がミスター・ダーシーではないか。自分でもときには持て余すような紳士階級の義務と責任に凝り固まり、両親もいないため当主として頑張ってその矜持を保とうとしている。この偏屈な男が他の誰よりも自分の隠れたよさを分かってくれるということに感激してエリザベスに惹かれたとしたらあまりにも無知、無謀ではないか。彼はよりにもよって自分の恋心のために、エリザベスとの結婚に関するあらゆる困難を排除し、解決しようと骨を折る。これは当時の大地主、領主の紳士の役割の範疇のことであろうか。破格の努力をするミスター・ダーシーは、大土地所有の当主として社会に通用する存在なのだろうか。

当時の規範からすれば、エリザベスの妹リディアの駆け落ち事件などは、とうてい容認できるものではない。いつも平然としているミスター・ベネットですら、ロンドンまで出かけて行き娘のゆくえを探している。ましてミスター・ダーシーにとっては、自分の妹が誘惑されかかり、駆け落ち寸前までもっていかされた相手である。それなのにあらゆる金銭的、経済的、精神的援助を行ない、リディアとウィッカムの結婚を成し遂げる。これほどまでにしてエリザベスを自分にふさわしくない結婚相手にしないという彼の痛ましい努力は、許されるものだろうか。ここで、また、振り出しに戻る。なぜ彼はそれほどまでにエリザベスに惹かれたのだろうかと。

紳士の館、ペンバリーの女主人の資格

エリザベスの特徴として誰もがあげるのは、当時の社会のお嬢さまの中で彼女は「破格の存在」であるというものだ。メリトンのダンス・パーティーでミスター・ダーシーから手ひどく断られたときに、エリザベスはそれに負けずにかえって笑い飛ばしていた。また、姉のジェインを見舞って泥んこになって歩いた。そのようなときに彼が魅力を感じたのは、彼女の活発さ、元気のよさである。身体機能を駆使することによって輝きをます彼女の魅力。きらきら光る目、その美しさ、健康さに参ったのだ。「いいや」と彼は答えた。「彼女の目は身体を動かしたことで輝いている」(三六) と。エリザベスの生きている「激しさwild」に、惹かれたのであろう。この魅力は、ミスター・ダーシーのいいなずけである従妹のミス・アン・ド・バーグのことを考えれば、容易に理解できることかもしれない。病

身に近い彼女と正反対のところにいるのがエリザベスなのだ。
彼女はそのお嬢さまに目を向けた。そしてマライアと同じようにびっくりしたのだった。その人はとっても細くて小さかった。（一五六）　病的な体つきをしていた。（六六）
それに引き換え、エリザベスはお嬢さまには破格というほどの元気はつらつ、健康に恵まれている。ミス・ビングリーは言う。
「はっきりいえば、彼女は何もとりえはないのよ。歩くのがすごくお上手なことだけしかね。……彼女、本当に野蛮"wild"に見えるほどよ」（三五―六）
もしかしたら、エリザベスの魅力はこれに尽きるのかもしれない。ミスター・ダーシーはエリザベスの賢さにでもなく、美にでもなく、この健康さに参っていたのではないだろうか。めでたくペンバリーのお館の女主人として収まったエリザベスがその活発な明るい性格で兄と対応する姿に、ミスター・ダーシーの妹は最初は以下のようにとまどうほどだった。
ジョージアナは、エリザベスの世界を高く評価した。けれども初めは、エリザベスが兄に対して活発で軽快な態度で接しているのにびっくり仰天してもいた。（三六六）

ここまで来ると結論は見えてくる。エリザベスは徹頭徹尾、元気なキャラクターとして登場している。「生き生きとした、やんちゃな」(一四)姿、ミスター・ダーシーはそんなエリザベスの生きる力、エロスに感じいっている。その活力を、一九世紀の近代小説、お上品な家庭小説の厳しい制限の中でこの「お嬢さまヒロイン」はひそかに歌っていたのだ。その部分に最大の魅力があった。これがエリザベスの吸引力なのではないか。このエリザベスの姿に女性としての役割、女らしさが見られる。[※3]付け加えるならば、健全な女らしさの延長に身体能力を誇る「お嬢さまヒロイン」、エリザベスがいると考えられよう。そしてもちろんエリザベスは従来のイメージのみで描かれる「お姫さまヒロイン」とは大きく異なっている。


「本当のことをいってね、……私が生意気だったから好きだったのかしら」

「あなたの心の元気さなのだよ」

「それは、生意気といってもよいのかも知れないわね。だってわたしそうだもの。きっと、あなたは、礼儀正しいこととか、そんなことに飽き飽きしていたの。いつもあなたにほめてもらおうとしてお話したり、見つめていたり、考えたりしている女の人にうんざりしていたのよ。私は、そんな人とまったく違っていたから、あなたの関心を引いて面白かったのでしょう」(三五九)

産業革命を経て、新興の紳士階級に押され衰退していく大土地所有を基盤にする生粋の紳士階級の、存続の希望を込めた強い血、野生の血を導入するぎりぎりのところがエリザベスなのかも知れない。彼女は、ジェインのようにあいまいな女でもなく、リディアのような、はしたない社会の規範を守らない女でもない。むしろ、エリザベスは社会の常識を気にしてもいる。作者が次代の健康的な存続を視界に入れていることは、ベネット家の財産相続人、コリンズ牧師が語る。人生は戦いであり、違う二人が健康な「男の子を産むこと」(二九二)「若いオリーブの枝、若い家系」(六二、六三、三四三)という意識が実は前もって提示されていた。さらに、レディー・キャサリンによって結婚の条件に、「元気で役に立つ伴侶」(一〇三)としてコリンズ牧師に提示されていた。次代のダーシー家の繁栄のため、衰退させないためにミスター・ダーシーが選んだペンバリーの女主人が、病弱なアンではなくエリザベスだとしたらまさにこれは妥当な選択なのだ。財産相続などという社会的な問題を超え、人類存続に関わる妻選びの結果かもしれない。それを本能的にミスター・ダーシーが見て取っていたとしたら、それは賢い決断である。彼の賢明さの表れと、むしろこの次の世代に向けての伴侶選びを賞賛することができよう。近親結婚によって生み出される弱さを排除して、エリザベスというよその血を導入すること、肉体的健康を誇るエリザベスを選択すること、彼女の心身共の健康さをミスター・ダーシーは選択した。その意味で、『自負と偏見』はいままでの「幸せな」結婚で終わる物語よりもさらに幸せな物語になっていると考えられよう。エリザベスは、最初ミス・ビングリーなどから「侵略者」（三五）とさえいわれていた。けれども人類の健康のため、英国の紳士階級の継承のためには、新しい血を入れなければならない。ミスター・ダーシーはエリザベスを選ぶことを紳士階級の義務と責任として決断したということだ。これは次のヴィクトリア時代に向けてのまことにハッピー・エンディングなお話である。

ミスター・ダーシーとエリザベスの「象の牙」

この作品はあまりにも軽やかで明るく、輝きすぎだ。影が必要と思われる。もしできるならば、どこかを伸ばしてセンスのある長い一章でもあるといいかもしれない。できなければ、物語と関係ない何か独特のまじめぶったナンセンスの部分が必要だ。※4

この作品自体をオースティンが、「華やかすぎる、影がほしい」といっているのは、やはり有名な話である。では本当に影はないのだろうか。オースティン文学の特徴の一つは、幸せそのもののように見えながら、その幸せがいつ不幸に変わらないとも限らない「象の牙」が隠されていることであった。それは『自負と偏見』にも見つけられるのではないか。この物語の後日談として、オースティンが現実に絵画展でエリザベスの結婚後の肖像画を探したエピソードが以下のように語られている。これを一つの鍵と考える。

一八一三年五月二四日（月曜）

ヘンリーと私は、スプリング・ガーデンの展示会に行った。大したものではなかったが楽しかった。とくにミスター・ビングリーの夫人にそっくりな小さな肖像画を見つけてとても嬉しかった。（ファニーにいってね。）それで、妹（エリザベス・ダーシー）のも見つけられるかなと思ったのだけれども、それはなかった。――きっと、もし時間があれば行こうと思っている大展示会の方にあるのだろう。――ミセス・ビングリーはそっくりだった、背も、顔つきも目鼻立ちもそして、その優しい感じも。こんなに似ているのはきっとないだろうと思った。白い衣服を着ていて、緑の飾りをつけていた。これは私がいつも想像している姿。緑は彼女の好きな色、ミセス・ダーシーの方は、黄色だと思う。

（同月曜夜）

大展示会とサー・レイノルズの両方に行った。けれどもどちらにもミセス・ダーシーに似ているものはなかった。きっとミスター・ダーシーが、どんな絵も公けにさらすのは好まず、自分だけのものにしたかったのだと思う。彼は、きっとそんな感情の持ち主――愛情とプライドとデリカシーの持ち主なのだろう。※5

実は、ここに大きな不安要素が潜んでいるように思われる。このように大切に囲い込まれることにエリザベスは満足するだろうか。妻となったときのエリザベスとミスター・ダーシーの関係はどのようなものなのか。そのときのエリザベスを読み取ると、ここにもオースティンの言葉をそのまま、まっとうに取ることのできない恐さが現われてくる。父親はエリザベスの結婚を、「お前の活発な才能が、不釣合いな結婚によって、もっとも大きな危険にさらされることになるかもしれない」(三五六)と心配する。「めでたし、めでたし」の後の、ミスター・ダーシーとエリザベスの生活を想像すると、ここに「象の牙」の恐さが見えてくる。というのも、作品の進行中ずっと、これ以上の影はないと思われる、ベネット夫妻の現状が描かれていた。この二人が、未来のミスター・ダーシーとエリザベスだということもありうるのだ。ベネット夫妻もエリザベスとミスター・ダーシーのように惹かれあって結婚したが、すぐに相手との文化レベルの差に我慢がならなくなっていた。エリザベスは、自分と彼が同じ資質の者同士ではなく、むしろ補い合って良い結婚生活を作ると述べている。こんな関係の上で、エリザベスは、ミスター・ダーシーこそが自分にぴったりの相手であると、最終的にみとめるわけである。

いまでは彼が気質も才能も自分にぴったり適った相手だということを彼女は判り始めていた。彼の理解力、気質は、彼女自身のものとは異なっていたが、自分のすべての望みに適うものだ。それは、二人のどちらにとっても利のある結婚であった。エリザベスの気楽な生き生きした姿にミスター・ダーシーの心は和らぎ、彼の振る舞いは改良されることだろう。そして、彼の判断力、情報、それと知識から彼女はさらに重

要な利益をうるに違いないだろう。（二九五）

二人にとって最適な相手というのは、二人の気質が似通っているからではない。むしろ正反対の二人がお互いに補い合える相手であるところに、この結婚の利点をエリザベスは認めているのである。彼女が結婚の条件に挙げる相手とは、尊敬できる、感謝できる相手であることに注目する。「尊敬と崇拝」以上に、「感謝」からの気持ちであることを述べる。そして、この結婚は何よりも優れているといい切っている。だが、ベネット夫妻も同じような路線を踏んで結婚し、味気ない結婚生活を送るはめになったのではないか。「崇拝、尊敬と信頼」を求めて結婚した。

彼女の父親は、若くてきれいな女、そして朗らかな外観にとりことなった。それは、若さときれいさがいつも与えることで、頭はよくなくて偏頗な心を持っている子だった。結婚後すぐに彼女への本物の愛情は、なくなってしまった。崇拝、尊敬と、そして信頼は永久に失われてしまった。そして彼の家庭的な幸せの夢は消えてしまった。（二二八）

一方、エリザベスは何よりも「感謝」をあげた。だが、ミスター・ベネットたちと同じように「崇拝と尊敬」を相手に求めていたことは、以下のように巧妙に書かれている。

けれども何よりも崇拝と尊敬以上のもの、彼女の中に決して見過ごしてはいけない好意を引き出すものがあった。それは、感謝——かつて自分を愛してくれたこと。彼女が断った際の失礼な態度を許し、そしてその拒絶のときの彼女の不機嫌さ、辛らつな振る舞いとその拒絶に伴う、間違った非難を許して、まだ彼女を愛していることに対する感謝であった。(二五三)

だが、エリザベスがもしミスター・ダーシーと同等の立場で結婚生活を送っていくというつもりならば、無知としかいいようがない。彼が若気の至りでエリザベスに惹かれただけなら、この作品におけるこれほどの影はないかとも思われる。エリザベスだって彼がもし当時の紳士階級の男の理想を押し付けて、妻の肖像画が展示会に飾られるのも嫌となれば、その閉塞感に我慢できないときが来るかもしれない。もちろんベネット夫妻と同等だというのは極論であるが、どんなに理想的な夫婦でも多かれ少なかれそのような要素は持っている。ミスター・ダーシーも彼女の自由、気ままさに嫌気がさすかもしれない。そうした場合、ベネット夫妻への路線となる可能性ですら認めないわけにはいかないかもしれない。もし二人がベネット夫妻の二の舞になるとしたら、エリザベスとミスター・ダーシーの結婚物語は決して、幸せ物語として終わっていないのである。それこそ作者が置いた「象の牙」、ジェイン・オースティンの面目躍如たる恐い物語の完成といえよう。『自負と偏見』はジェイン・オースティンの作品の中で非常にかけ離れた二人が結ばれるというシンデレラ物語である。だが、シンデレラ物語の枠組みを守りながら、それをひっくり返す面白さ、ストーリーのみで終わらない楽しさ、それを見つけ出そうとしなければオースティンの魅力は半減するだろう。いままでの小説と変わらない物語となってしまう。それは、作者ジェイン・オースティンが望んだこととはとても思いたくない。

第四章

『マンスフィールド・パーク』

ファニー、賢く逞しく「お嬢さまヒロイン」に

マンスフィールド・パーク（1814）

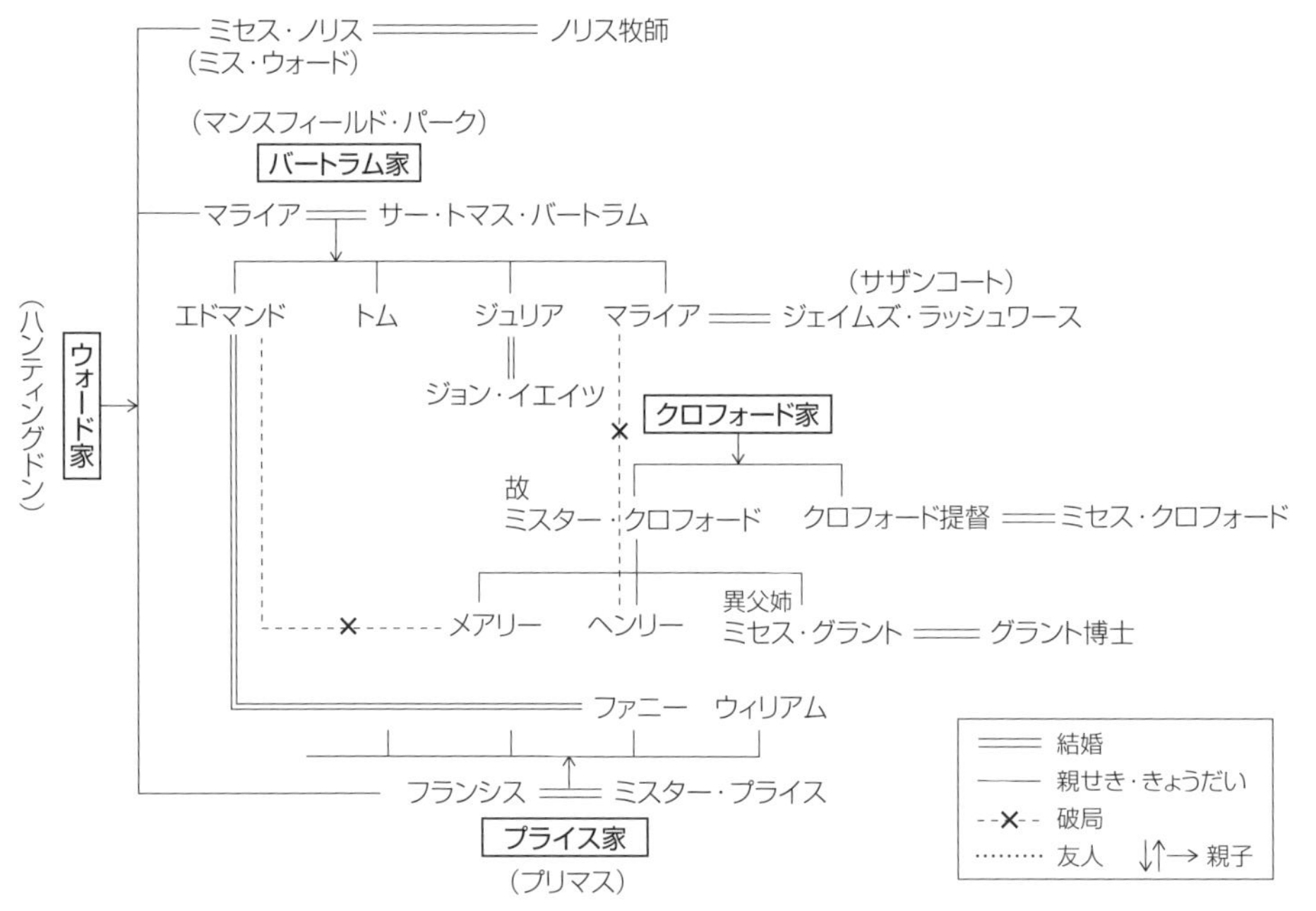

教訓、ファニーの成功

『マンスフィールド・パーク』の女主人公ファニー・プライスは寡黙に規範を守る模範生であることが定説になっている。[※1]だが、最後に幸せを成就したファニーとエドマンドの結婚ほど、ジェイン・オースティンの作品の中で先行きの判らないものはないともいわれている。[※2]このようなファニーのシンデレラ物語は、一体どのようにして完成されたのだろうか。条件的には他のヒロインとはまったく異なっているファニーが、「お嬢さまヒロイン」としてどのように幸せな結末を迎えることになったのであろうか。ファニーの結婚を「勝利」[※3]と呼ぶとき、それはどのような意味を持つのだろうか。

ノーサンプシャーのマンスフィールド・パークでのファニー・プライスの一〇歳から一八歳までの八年間は、孤独な居候の女の子が、預けられた家の中心者、倫理の中心人物としての地位を築いていく道のりである。なんでもない存在の「無の人」から始まった彼女は、「東向きの部屋」を与えられ、馬を与えられ、デビューのパーティを開いてもらい、さらにもうひとつ部屋を自分のものにし、暖房を入れてもらうほどの厚遇を得るまでになっていった。だが、自分の意志を貫こうとする結婚問題で当主の不興を買いポーツマスの実家に追放される。その後、彼女の必要性が再認識されて、マンスフィールド・パークにふたたび呼び戻され、その家に欠かせない判断者、助言者となり、最終的にはバートラム家の「本物の娘」として当主からの絶大な信頼を勝ち取っていく。その上、自分の意中の人、その家の次男と結婚するという、いつものシンデレラ物語の成功者の一人、「お嬢さまヒロイン」である。

ファニーにはほかのジェイン・オースティンのヒロインとの大きな違いが見られる。彼女の実家はポーツマスの中産階級下層に属していること。本人は実家にいるのではなく、裕福な義理の伯父の家に引き取られている居候であること。最後には他のヒロインと同じように結婚によって紳士階級の一員にまで上昇することになったが、それは、偶然とか幸せな運とかいうものではなく、自分の努力と賢さによって周囲に認められ、その地位を勝ち取っていった女の子なのである。この意味で、ファニーは紳士階級の生粋のお嬢さまではなくとも、立派な逞しいヒロインであり、ジェイン・オースティンの「お嬢さまヒロイン」にふさわしい。

賢いヒロイン、ファニー・プライス

初めの頃ファニーは貧しく冴えない女の子である。居候の家で従兄姉たちに囲まれてはいても、必要なときだけ簡単な相談を受けるが、あとは無視されている孤独な女の子である。いつも物事の中心に存在できない脇役として、傍から出来事を見守っている。自分が第一行動者にはなれない、ヒロインとは程遠い女の子である。このファニーは自分の心の奥底に誰にもいえない秘密、従兄エドマンドへの恋心を温めていて、じっと耐え忍んでいる寡黙な女の子である。このような不遇な立場にいるファニーの賢さは作中あらゆるところで強調されている。その賢さゆえに次第に周囲の人たちの信頼を勝ち得て、意中の人との結婚にまでいたる。だがこの結婚はただ表面的な賢さから獲得したのではない。そこに到達するようにと彼女が着々と努力して、慎重に結びつけていったものである。この意味で、ファニーは生まれ育ちを含めてすべての点で次作のエマとは対照的な女の子である。だが、エマと同じ幸せを最終的には手に入れる。これは、誰からも相手にされず、マンスフィールドの館で孤独に過ごし耐えてきた強さ、そのため熟成された賢さが彼女の武器となったからである。

ファニーの特性

ファニーは一〇歳のとき、ポーツマスの実家から義理の伯父サー・トマス・バートラムのマンスフィールド・パークに引き取られ、そこの人々の「役に立つ」ことのみで、かろうじて存在価値をたもっていた。

「女性の最大の義務は耐えること、静かにしていることである。最大の喜びは相手あってのものでなくてはいけない。仕事は人のためにするのであり、自分の喜びを求めるものであってはならない」[※4]という当時の女性を縛る社会通念は、一九世紀中頃のフェミニズム運動家の抗議の標的であった。だがファニーの姿はこの規範をそのまま体現しているかのようである。二〇世紀の批評家たちは、ファニーの道徳的特性を好まなかった。ライオネル・トリリングは「『マンスフィールド・パーク』の女主人公を好きになれる人はいないと思う。ファニー・プライスは誰が見ても道徳家であり、本人もそれを意識している」[※5]と評している。トニー・タナーはファニーの地位を高めたのであるが、それは一九世紀の移り動く文化と対照的なファニーの静と安定性[※6]に価値を見出したということである。一般にファニーは、サー・トマス・バートラムに代表されるジェントリー社会の倫理に決して逆らわない一八世紀の模範的な女性と受け取られており、「決して過ちを犯さない」[※7]と評されてきた。しかし、それを額面通り信じてしまってよいのだろうか。オースティンが描こうとしたのは、単に社会規範に従順で素直な女性像であったのだろうか。社会通念を遵守している模範的道徳家の背後に隠された強さに接するとき、作者の意図が別のところにあったように思えるのである。

彼女の正体は

ファニーが一八歳のときに起こった事件は象徴的である。彼女は誰が聞いても「稀なる申し出」である、紳士階級の男、ヘンリー・クロフォードの求婚を拒絶してしまう。この出来事はそれまでのファニーの印象を一変させる。また、ファニーの強さが余すところなく現れる事件である。「わけが判らん」(二九一)と、サー・トマス・バートラムは激怒する。結婚は「事業」である。未婚にしろ、未亡人にしろ、一人でいることは「事業に失敗したこと」[※8]と考えられていた時代に、バートラム家の居候として従兄姉たちと一緒に育てられても同等ではないのだと、伯母ノリス夫人に強調されるファニーの拒絶は予想外のものだった。「地位も財産も人柄も立派なだけでなく、誰をも楽しませる話や会話のできる」（二九四）若い女性の憧れの的であるヘンリーを即座に断るというのは、サー・トマスの理解の域を超えている。だが、彼女は断固拒否し続けたのである。この点だけを取り上げてみても、オースティンの描くファニー像には、単純な道徳家というだけでは説明のつかない要素が含まれていることが判るであろう。結婚の決断は女性の生涯に重大な意味を持ち、それは他の誰でもなく自分自身の手に選択権がある唯一のときとされていた。しかし誰が見ても、どの点をとっても理想的と思われる男性を、自分の秘めたる恋心ゆえにファニーのように拒絶してしまう自由は存在していなかった時代であった。ファニーは結婚の決断という経験に直面して、それまで周囲の者が全然気づかなかった自分の資質、読者もはっきりそれと認識できなかった資質を一挙に顕すのである。「家父長の決定は全家族員に対して道徳的のみならず法的権威を持っている」。[※9]そのような時代背景にあって、家父長であるサー・トマス・バートラムの勧めを拒絶できたファニーは、自己を滅しても社会規範に盲目的に従うというような弱い女では決してない。彼女の強さは忍耐強いという受身的なものではなく、自己を守り通すという能動的な強さなのである。

「伝統的制度の秩序・安定・維持・保護と既成の権威への崇拝を表明し、個人的徳目としては自己規制と義務の心」[※10]を信念とする福音主義の影響をこの時期のジェイン・オースティンは受けていたといわれる。ファニーはこの最大の拒絶のときにいたるまでは、まさしくこの倫理に導かれて人生を送っていたようである。作者は、常に正しいことをしたいという強い願望を持つファニーの姿を強調して描いている。物語は、実家が貧しいためにサー・トマス・バートラム家に預けられたファニーと、聖職が拝受されるのを待つバートラム家の次男で「財産を残してくれる叔父さんやお祖父さんを持たない」（八六）エドマンドを中心に展開する。「長男以外は長子相続の犠牲にされ」※11家から追い出されてしまう当時の英国であった。オースティンの描く世界は、彼女の生まれ育った紳士階級《ジェントルマン・クラス》の中でもジェントリーという中産階級上層の社会を越えないといわれている。だが『マンスフィールド・パーク』にあっては、紳士階級の頂点から底辺までと視界が拡がっている。サー・トマス・バートラムは准男爵の称号を持ち、議員であり、ロンドンに家宅を持ったことなどから判断すると、ジェントリー階層の最上部の大ジェントリーに属している。※12収入の確かな言及は見られないが結婚相手のマライア・ウォード嬢の持参金七千ポンドでは「どう見ても三千ポンドほど不釣合《つりあい》」（五）の収入と家柄を持つ。一方、ウォード家の三女であるファニーの母フランシスの結婚相手、ミスター・プライスは自宅待機の海軍大尉でわずかな収入しかない。「教育も財産もコネもない」（五）ミスター・プライスとの結婚は大反対され、フランシスと二人の姉、ミセス・ノリスとレディー・バートラムとは生活する範囲がはっきり異なった世界の人となって、結婚後一一年間も交渉が途断えた。たとえば、当時三人の使用人というのは常識であったが、※13プライス家は二人しか雇えない。紳士階級については、以下のような基準がいわれる。「ジェントルマンをジェントルマンたらしめるものは、莫大な財産と有力者との人間的結びつき（＝パトロネジ）以外にはなかった。

財産、とくに土地からあがる不労所得に依存し、その大きな所得によって『ジェントルマンらしい』生活様式をもって他のジェントルマンの『友情』やパトロネジを維持できる人がジェントルマンたりえた」[※14]。

紳士階級の女たち

前述の基準に照らし合わせると、明らかにプライス家の紳士階級《ジェントルマン・クラス》からの脱落が示されている。この物語では、バートラム家とプライス家に代表されるように頂点から底辺までの間隙を埋めて種々の人物、一家が存在し、底辺から頂点へ移住させられたファニーを取り囲む経済的、社会的側面も描かれている。

登場する女性たちは結婚という最大の選択を経た者と準備中の者に二分されている。サー・トマス・バートラムを捕まえるという幸福（五）に恵まれたレディー・バートラムは結婚後、不安も生きがいも持たない平穏で怠惰な日々を送っている。「きれいな服を着て、ソファに座り、あまり役にも立たない美しくもない刺繍をして日々を送っていた。」（二〇）善良であっても自主性のない彼女は食後の娯楽の選択も一人でできない。「ファニーなしで私がやっていけるかどうかサー・トマスに聞いてみるわ」（二〇一）という心もとない姿には男女の役割がはっきりと区別されていた封建時代よりもかえって自分の立場を失っていくヴィクトリア期の紳士階級中層部の、「怠惰な女」の姿が予見される。

レディー・バートラムの姉、ウォード家の長女はサー・トマス・バートラムの好意でマンスフィールドの牧師にしてもらった「ほとんど私有財産」（五）を持たない、年収一千ポンドそこそこのノリス牧師と結婚する。「期待していたよりも少ない収入の結婚をしたので最初から切りつめて生活せねばと思う」。倹約がそのうち「趣味の問題となり……毎年、少しずつ収入を殖やす楽しみ」（一〇）となり、「指図をするのと同じ位、お金が大好き」（九）になる。

ウォード家の三女、ファニーの母親は、「これ以上ないと思われるほど悪い選択をし」（五）一〇人の子持ちとなり、貧困のため実の子供ファニーを手離さねばならなくなる。彼女たちの他に、広大な領地と一万二千ポンドの年収を持つ一人息子を盲目的に愛するラッシュワース未亡人。ノリス牧師の死後、マンスフィールドの牧師館に住むことになったグラント博士の妻は夫本位の生活を送っている。子供がない彼女をバートラム家の長男トムは「きっと夫と一緒に最高につまらない日々を送っている」（一一）と評す。概して結婚後の女性たちは一個の確立した人間としての生活を送っていない。ファニーの傍らで子供、夫、金、名誉、境遇などに支配されている受動的な姿勢の人々である。

結婚準備中の娘たちはどうだろうか。バートラム家の長女マライアは、「社会的、経済的虚栄ゆえにミスター・ラッシュワースと婚約する。彼との結婚は、父親以上の収入に加えて、ロンドンに家を持てるといういまのマライアにとって最大の利点があった。」（三七）彼女は当時のジェントリーの娘の「義務」として好きでもない太った若者と婚約した後、グラント博士の妻の異父弟ヘンリーに夢中になる。だが、彼がマンスフィールドを離れると

「心の準備は完璧だった。実家も嫌いだった……、結婚相手を軽蔑し、用意万端整って」（一八八）結婚するのである。

次女ジュリアは、マライアとヘンリーを張合っていたが姉がラッシュワース氏と結婚した後、ロンドンの姉の家に寄宿していた。マライアがヘンリーと駆落ちするとジュリアも自分を慕っていた公爵の子息、ジョン・イエイツと衝動的に駆落ちする。マンスフィールドに帰りたくなかったのである。「父や家への恐れが増し……どんなことをしてもこのさし迫った恐怖から逃れようと」（四三三）したのだった。

エドマンドの恋の相手メアリー・クロフォードは両親こそいないがすべてに恵まれた自由奔放な女性で、感情のままに生きている姿はファニーと対照的である。虚栄心の強い彼女は、牧師職を目指す次男のエドマンドを愛しているのに、どうしても結婚する気になれない。彼に「牧師なんてくだらないわ」（八六）といい続ける。ノリス夫人に罵られるファニーを労《いた》わる優しい気持ちの持ち主であるにもかかわらず、バートラム家の長男トムの病気を聞き「よりふさわしい人（エドマンド）にマンスフィールドの財産が渡る結果」（四〇二）になるかもしれないとファニーに喜んで手紙を寄越す。これまでメアリーの調子良さに不実を感じ、軽薄な態度に違和感を抱き、エドマンドを惹きつける姿に嫉妬を抱いていたファニーの「感情」は、この手紙で正当化される。この手紙の言葉をファニーから暴露され、メアリーは決定的にエドマンドの愛を失う。ファニーより恵まれた立場にあるマライア、ジュリア、メアリー等はその結婚選択にあたり、時代の通念に支配され、それを問い直すことなく生き自分の生を浪費してしまう。彼女たちが感情に従って行動するとき結局は、前述の結婚している女たちと同様に受身な人間であり、縛られた人間なのである[※15]。頭の良いファニー・プライスを除いて。

「孤立したヒロイン」

ファニーは孤立したヒロイン[※16]と称されている。マンスフィールドに来た当初は、顔を上げるにも声を出すにもどうしてよいか判らないほどの孤独の中にいた。「臆病な」ファニーを気づかうエドマンドのみが支えであり、従姉たちからは必要なときだけ仲間に誘われ、後は放っておかれる。彼女たちの言葉に苦しめられても、「自分のような立場の者が幸せと思わない方が悪いのだ」（一四）と自分の状況を認識することで生きてきたのである。彼女の特徴は以下のように語られている。「そしてファニーはこの間ずっと何を考え、何をしていたのでしょう。」（四六）と。誰にも「ほとんど注目されず」「静かに」ファニーは「観察」を続け、他人をも自分をも見つめている。「彼女自身の考えと反省がいつも彼女の最大の友だった。」（七六）そのためかえって彼女の「判断」する眼は揺らぐことはない。ノリス夫人の所に引きとられるのを好まないファニーに、エドマンドは「君の自然な能力を伸ばしてもらえるだろう」と勇気づける。ファニーは「そんなふうには思えないけれど、きっとあなたの方が私より正しいのでしょう」（二七）と答える。「私は黙っていますけれど盲目ではありません。」（三三六）と敢然とメアリーにいい切るファニーの言葉は、自分の判断に対する自信の強さを表わしている。彼女は、エドマンドを「良いもの、偉大なものすべてを代表する価値ある人であり、この価値は自分が一番正しく評価できるのだ。自分の彼への感謝の気持はどんなに強くても十分ではない」（三六）と考える。これは「ファニーのことをいつも心から思いやり、彼女の気持ちを考え、その良い性質をみんなに判らせようと努めている」（二六）エドマンドへの感謝であり、ジェイン・オースティンの作品においては珍しく、なぜ相手を好きなのか、明確な説明がされている。

　ファニーの悲しみは、ノリス夫人の意地悪に帰因しているのではない。それは「自分が誰の役にも立たない」（二六）と感じるとき、もっとも強いのである。ノリス夫人の所に移るのも誰かの役に立つのは素晴らしいことだからと、納得しようとする。彼女は自分の生きる場所を必死に探っているのである。ポーツマスの実家に帰って落胆したのは、そこが狭くて息が詰まるからだけではない。「私はどんな権利があってこの家族の役に立とうというのかしら。なんの権利もないのだわ。こんなに長いこと離れていたのですもの」（三五五）という無為を思い知らされたからなのである。他のお嬢さまとは異なり、ファニーには居候である自分の立場の不安定さに脅えているからこそ、自分の役割を直視せねばならない機会が与えられてきた。少々の事には動じない強い人間、ファニーができ上がっていく。ノリス夫人は「自分の悲しみと苦しみの中で、できるだけ生き抜いていかねば」（二八）という口実で、彼女を引き取るのを断り、一人暮らしを主張する。ファニーはノリス夫人のように宣言こそしないが、悲しみと苦しみの中で闘ってきて、生きる強さを獲得しているのだ。

彼女の中には、もとより自然に出てくる感情はいかなる場合でも消しきれないという認識があった。マンスフィールド・パークに連れて来られる際、ノリス夫人に「この素晴らしい幸運」についてまくし立てられ、彼女は幸せと感じないのは道にはずれたことと思うと余計に惨めに（一四）感ずるのだった。サー・トマスが西インド諸島のアンティガに行くのは、従姉たちと同様、彼女にとっても「絶大な息抜き」に思えたが、「サー・トマス・バートラムの留守を悲しいと思えない自分を嘆く」（三一）のである。このようにファニーは自分の感情が、理性や道徳のみに拠っているのではないことを明確に悟っている。だが周囲の者は彼女が「静かな受動的な態度」（一六）を取っているので、その中にある「強い感情」に気がつかない。ファニーは自分の中に潜む強い感情を社会道徳によって抑制することでその境遇に適応して生きているのである。逆境にいるファニーは、規範に適っているということに、自分の存在理由を見出さざるを得ない。その規範の中心は当主サー・トマス・バートラムなのだ。

一〇歳から一八歳までの人生の中で彼女は常に受身の存在であった。控え目であるから、はっきりとした意向を持っていても、彼女の気持ちは尊重されることはない。否応なく実家ポーツマスからマンスフィールドに連れて来られた。ノリス家に住むことが「決定され」、彼女は「行きたくない」（二五）とエドマンドに訴えるが効果はない。結局ノリス夫人が拒否するので、ファニーはバートラム家に留まることを許されるが、この間ファニーの気持ちなどは考慮されない。また、エドマンドから恒久的に貸してもらった馬を彼の頼みでメアリーに差し出したファニーは「四日間も相手もいず、乗馬する選択もできずに」(七〇)忘れられてしまう。さらに、「いまのままの古いままのサザトンを見たい」(五三)というファニーの希望はサザトンへの遠出という計画を生むが、彼女だけは参加できない破目になる。選択の自由がまったくないファニーの行きたい気持ちをエドマンドが感じ取ってくれたのでようやく遠出の仲間に加えてもらえた。彼女はこのような「無」の存在のまま、静かに耐えることで生を送っている。たいていの場合忘れられて、人々の好意が向けられるまでただ待っている。それができる強さを実は熟成していたのである。逆境の中に育った逞しさと、賢さを持っているのがファニー・プライスである。

ファニーの言葉の強さ

けれども、ファニーが自分の意見を主張するときがある。それは、社会規範を守ろうとするときである。倫理に悖《もと》る意見、行為に対しては強い反発を抱き、反対意見を述べることすらある。婚約中のマライアがヘンリーと戯れているような態度に嫌悪を感じ、門の鍵を取りに行ったラッシュワースを待たずに森へ抜け出ようとするマライアに、ファニーは「行くのはおやめください」(九三)と強く忠告する。「きっと certainly」というはっきりとした語句を用いてファニーは「良くないこと」だと思い、止めようとする。彼女の語句の強さは、家庭劇に誘われたときにも見受けられる。「私ですって。私は抜かしてください。どんなことがあっても、私はだめです。本当にだめなんです」（一三五）。ここでも、「本当に indeed」という語が用いられ、寡黙なファニーが「どんなことがあっても（If you were to give me the world）だめ」という強い語句を用いている。家父長が留守のときに、家を勝手に使い、出費をするのはいけないことだというエドマンドの意見はそのままファニーのものでもあった。エドマンドがメアリーへの恋ゆえに劇に参加することを知った彼女が受けた打撃は測り知れない。「エドマンドがこんなに気が変わるなんて」（一四五）と、自分を確かに見つめる眼を持ち、道徳的判断の揺るがないファニーにとって「盲目にされた」エドマンドの姿は腹立たしい。さらに稽古が始まると自分の場を持たない、自分のみが「不用」だという寂しい感情に満たされる。だが、夫のために来られなくなったグラント夫人の代役をするようにと迫られるとファニーははっきりと自分の取るべき道を悟るのである。「どうして自分の部屋に引きこもっていなかったのかしら。天罰なのだ。」（一五九）と。この後悔はファニーに拒絶の方法を教える。信ずることはあくまでも貫き通し、自分を守らねばならない。彼女の強さはもはや道徳に根ざしているというだけではなく、自分一人しか頼る者のいない者が持つ強さである。これは逆境を生きて学び取ってきたことである。

ファニーはこの経験により、当時の道徳に反し家父長の命に背くのである。彼女はヘンリーの求婚を伝えるサー・トマス・バートラムに「助言」を求めず、即座に拒絶を伝える。使う言葉の激しさを考えたとき、ファニーは決しておとなしい女の子ではない。

「絶対に、絶対に、絶対に、私は絶対にヘンリーとは結婚しません。」（三二二）と彼女は「絶対に never」という言葉を使って言い切るのである。このためサー・トマス・バートラムの不興を買い、彼の深慮遠謀によりポーツマスの実家に二、三ヵ月の予定で戻されてしまう。マンスフィールド・パークを離れ、喧噪と混乱と無作法の巣窟であるポーツマスの実家に帰ったファニーはもはやそこに自分の生きる場がないことをひしひしと感じないではいられない。

当時の社会状況は彼女の無謀さを知らせる。女性の結婚難の時代であり、その上、男性はなかなか結婚したがらなかった。ファニーが恋するエドマンドはメアリーに夢中であり、ファニーの恋は実る可能性もなく、ノリス夫人が述べているように「きょうだいのように育てられ、いつも一緒にいれば道徳的に起り得ない」（八）ことなのである。この恋が成就する可能性はほとんどないのである。「結婚しないということ――独身でいること――は社会的汚名をいくらか蒙《こうむ》ることであり、たいていの場合、一族の中で、不愉快な状態で暮さねばならない」[※17]時代であった。ファニーの将来はバートラム家にしろ実家にしろ、一家の余計者として惨めな生を送るものになるかもしれないのだ。ファニーが立派な紳士階級のヘンリー・クロフォードを拒絶することは「身を落とす」こと、階級の降下を賭けることだったのかもしれない。このとき、いわば人生の岐路の緊張の中にいたにもかかわらず、あくまでもファニーの拒絶の態度は揺るがなかった。彼女は自分の信ずる道を取り、エドマンドを愛する心を守った。何度かヘンリーの熱情に負けそうになりながらも、自分の信念を守りきったのである。

これまでファニーは自分の感情を理性で抑えることを知っていた。だがヘンリーの求婚を拒絶することは、他に占領されている心、秘密の感情がなければできないことだった。この拒絶に際し、さらけ出されたファニーの姿は、慣習などに支配されているのではなく、もっと異なった人間の心情に導かれているということを知らせる。たとえ社会通念に反しても、自分の心を貫き通したいという意志を持っていたということである。エドマンドへの愛という感情に導かれて、ファニーの強さは増強されているのである。「私は彼（ヘンリー）を幸せにしてあげられないし、私自身も惨めになるのは絶対に確実なの」（二九五）、「これほど違う二人もいないわ。共通の趣味など何もないの。私たちひどいことになるの」（三二三）といい切る。

沈黙と饒舌

ファニーはヘンリーの求婚に関して、サー・トマスにも、レディー・バートラムにもエドマンドにも、何といわれようとも彼らの質問には答えない。ただ、どうしても彼の求婚を受け入れられないとだけを、整然と述べたてている。ファニーの沈黙はみんなの気持ちをいらだたせた。ところが喋らないファニーがエドマンドとの結婚を達成する過程においては、我然、雄弁となる。これまでも彼女は沈黙と饒舌を巧みに使い分けていた。そのことができる賢さを持つのだ。

ファニーの雄弁の特徴の一つは、自分の考えを整理できない人、発言できない人の代弁者となっていることである。無意識の世界で思っている心配を、語ってやることによってその事実を認識させる。このようなファニーの沈黙と饒舌を示す最大の場面が、メアリー・クロフォードについてエドマンドから「助言」を求められたときのことである。「ファニーの判断が善の基準である」（三八三）とする彼にかなりの言葉を用いて彼女がいかにエドマンドに適していないかを、はっきりと語る。嘘はつけないからと。とくにエドマンドが気にする聖職に関するメアリーの軽蔑の仕方を批判し、彼女のいい過ぎたという後悔を知りながらそれは伝えず、彼女の手紙から読み取った病気の長男トムの死去を願うようなメアリーの言葉のみをエドマンドに伝える。本当のメアリーの姿を伝えることは自分の使命なのだからやましいことではない。メアリーのよこしまな気持ちはどのように糾弾しても当然とばかりに非難の言葉を緩めない。その上、メアリーに去られ失意のエドマンドを慰めるのは当然の行為とばかりに話し続ける。だが、この時点では彼女は決して自分の秘密の思いを伝えることはしない。

以上の点を考えれば、決して彼女がおとなしい、寡黙なだけのヒロインとはいえない。語るべき時期をじっと待っていて、また、いつが一番良いときかの判断を賢く計算しているのだ。そして恋に破れ「ファニーだけが自分のすがりつくことのできる友人」（四二七）と頼みにするエドマンドを慰める。夏の間中ファニーは彼と話し続けて二人の間柄を深めていく。さらに何を話したのだろうか。作者は、その話の内容は語らない。

いつも彼女といっしょにいて、心から信頼しながら話し合うことで、つい最近の失恋の痛手から彼の心は、とても良い方向に回復した。ファニーのやさしい目の色が彼の中で一番大切なものになるのに時間はかからなかった。（四三七）

結局エドマンドを自分に向けることに成功する。その美徳を守ることで誰にも非難させない正義の人とは、ファニーか。彼女は、何よりも自分の心を大切にしたのだから他人から責められる筋合いはない。メアリーの糾弾をするときなど、決して途中でおしまいにしない。エドマンドに教えなければという使命感に燃え、最後までメアリーがいかに彼にふさわしくないかを話し続ける。『ノーサンガー・アベイ』のキャサリンは率直に自分の心を相手に表現して成功を導いたが、ファニーの場合は自分の強い決意の結果、賢く自分の意思を表現し遂行する「お嬢さまヒロイン」となっていた。「沈黙のヒロイン」とは彼女の「仮面」であって、その実、沈黙と饒舌を自分の意志で使い分ける聡明な「お嬢さまヒロイン」だったのである。

「象の牙」と次世代

この作品では「なんでもない人」であった女の子が、自分の願望を達成するために巧妙に行動したと、作者はかなりはっきりと述べている。その結果、「お嬢さまヒロイン」は自分の希望の方向に運命をかえ、物語の最後に立派な紳士階級の一員として堂々と位置することになった。実はここにこそオースティンの「象の牙」は存在していた。というのももっとも従順なヒロインが、その家父長制度の頂点にいるサー・トマス・バートラムにそれと気づかせないで、価値観を覆させるようなことをしたのだから。最後の場面である。

ファニーを自分の娘として得られるということを確認しての喜びは、サー・トマス・バートラムの最初の頃の考え、この小さな女の子が彼のところに送られてくるときの戸惑いと大いなる対照をなしていた。それは、計画と結果の間の相違を、ときが常に生み出しているということ、そして、その相違が自分自身への教えと周囲のものへの楽しみを作り出すのだということだった。(四三八)

最初、サー・トマスはこの女の子を引き取るにあたって大いなる心配を抱いた。自分の息子に悪影響を与えるのではないかと。けれどもノリス夫人から、「本当のきょうだいのように育てられて変な関係になるなど道徳的にありえない“morally impossible”」(八)と説得され、彼は、しぶしぶこの子を引き取ることになったのだ。最後に作者は巧妙にそのときのことを思い出させ、ジェントリー階級の価値基準の頂点ともいうべきサー・トマスが、自分の考えの変化を味わい、価値観の揺らぎを経験することになった結末を告げる。

結局、サー・トマスの心配していた通りのことが起こってしまった。それは当主の以前の道徳観を覆すものだったが、サー・トマスにとって幸せの極みのような状況だとして紹介されている。さりげなく作者は最初に述べたことを、きちんと最後に説明している。だが、ファニーが導いたことは、「道徳的にありえないこと」以外のなにものでもないのではないか。その結果、もっとも道徳的といわれているこの作品の結末の文言には、「道徳的にありえない」ことが行われ、しかもそれが不道徳だと責められることなく祝福されているのである。サー・トマスがもっとも恐れていたこと、ノリス伯母が決してあり得ないと断言したことが、ただ「沈黙と饒舌」を巧みに使い分ける小さな賢い女の子によって成し遂げられた。サー・トマスの大歓迎のもとに完成されたという、まことに皮肉なハッピー・エンディングとなった。

二人はこのように本物の愛と美点に恵まれ、そして、経済的に逼迫することもなく友達に不自由することもない。この結婚した従兄妹同士はこの世の幸せの限りの安定を示していた。そして、二人の家庭は愛と安らぎの家庭であった。(四三九)

ファニーのマンスフィールド・パークでの生活は、大ジェントリーのサー・トマスに小さな「お嬢さまヒロイン」を認めさせるような力をたくわえる道であった。それは次世代への新しい規律、道徳、そしてそのしたたかな生き方そのものが生き残っていくという英国隆盛を導く一方向を指し示していることになろう。ここに新しい人々の台頭の気配さえ感じられるのである。このとき確かなことはファニーのような逞しい、ある意味では健気な「美徳のヒロイン」が、堅実なエドマンドと共に紳士の館、マンスフィールド・パークを盛り立てていかなければ、この旧家の将来は、いや現在すら健全に存続していくことはないだろうということである。最後に長男トムも長女マライア、次女ジュリアもその資格失格が宣言されているのだから。准男爵バートラム家の存続はファニーのような自由な力、個人の強い力を借りねば不可能になってきたという当時の地主階級自体への警告を、作者は巧妙に行っていることになる。そして、このような力は確実にヴィクトリア時代の「改革の世紀」に発揮されて、英国の社会での変革が様々な領域で行われ、英国はその繁栄を享受することになる。普通のお嬢さまたちが社会のヒロインとなる時代、「なんでもない」女たちが動き出す時代を、作者はすぐそこに見ている。

第五章

『エマ』

完璧なヒロイン、エマ?

エ　マ　(1815)

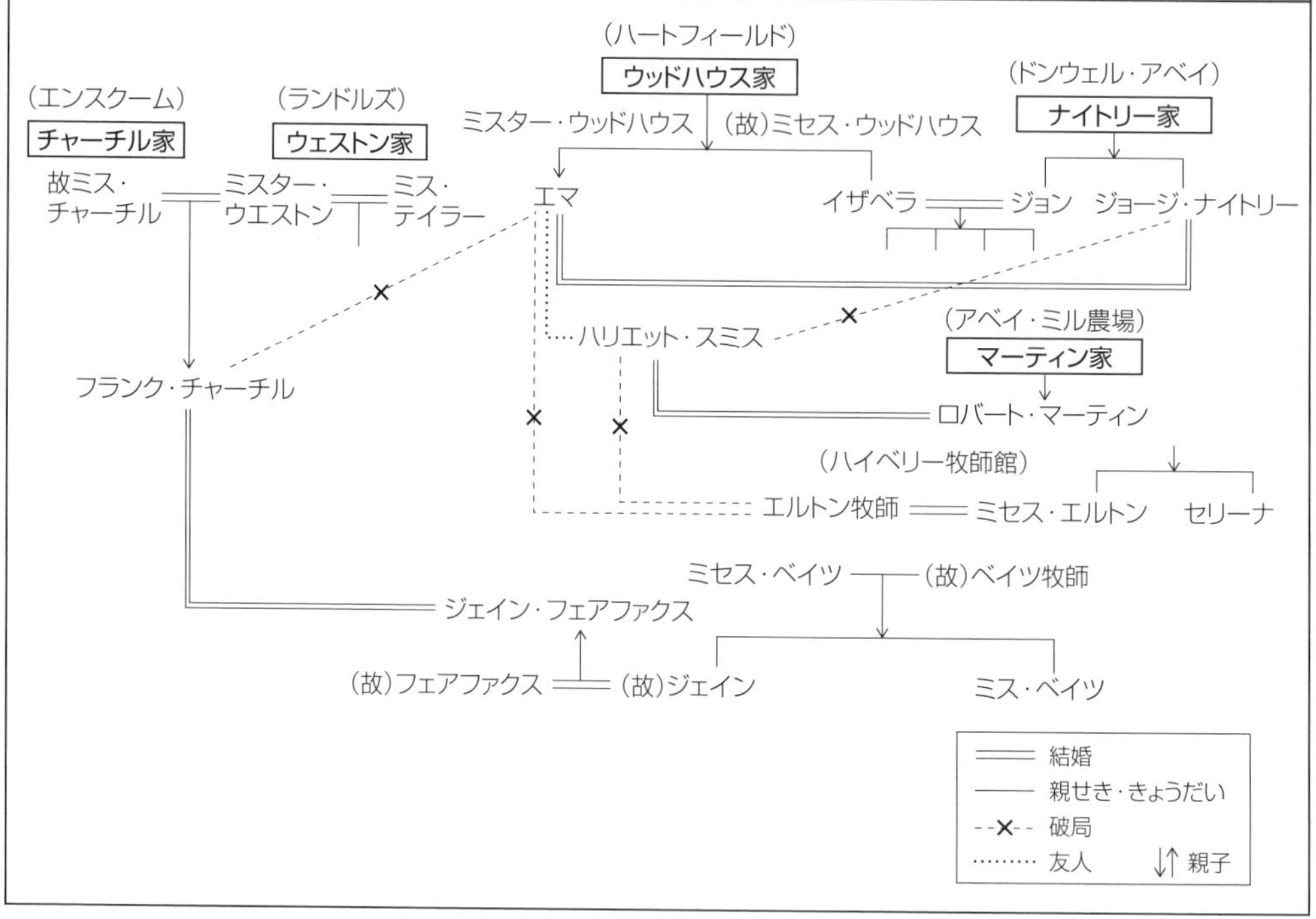

(エンスクーム)
チャーチル家
(ランドルズ)
ウェストン家
(ハートフィールド)
ウッドハウス家
(ドンウェル・アベイ)
ナイトリー家
ミスター・ウッドハウス
(故)ミセス・ウッドハウス
故ミス・チャーチル
ミスター・ウエストン
ミス・テイラー
エマ
イザベラ
ジョン
ジョージ・ナイトリー
ハリエット・スミス
(アベイ・ミル農場)
マーティン家
フランク・チャーチル
ロバート・マーティン
(ハイベリー牧師館)
エルトン牧師
ミセス・エルトン
セリーナ
ミセス・ベイツ
(故)ベイツ牧師
ジェイン・フェアファクス
(故)フェアファクス
(故)ジェイン
ミス・ベイツ
結婚
親せき・きょうだい
破局
友人
親子

エマを好き？

『自負と偏見』のヒロイン、エリザベスとは対照的に『エマ』のヒロインについてジェイン・オースティンが「作者以外の誰も好きにならない女の子」[※1]と、書いているのはあまりにも有名である。わざわざ名指しでエマをあげているのは、エマは好まれない、だが自分は好きだという強い前提があると思われるが、本当にそうなのか。読者は他のヒロインと比べてエマを嫌いなのだろうか。それなのになぜ作者は好きだというのか。

オースティンの場合、冒頭の言葉は多くの意味を持つ。この言葉は『ノーサンガー・アベイ』の「ヒロインとして生まれつかなかった」キャサリンとは逆に、いかにエマがヒロインとして完璧であるかということから始まっている。そして作者が完全無欠な典型的なヒロイン、エマをテーマにこの作品を書いていこうとしていることが宣言されている。このようにエマが完璧なヒロインとして提示されているのに、なぜ他の人たちから好まれないと作者はわざわざ考えたのか。エマ・ウッドハウスは、「きれいで、賢く、裕福 handsome, clever, and rich」で、「心地の良い家と幸せな資質」を持つというのが『エマ』の冒頭の紹介である。

エマ・ウッドハウスは、きれいで、賢くて、裕福で、心地の良い家と幸せな資質を持ち、人間としての最上の恩恵のいくつかを合わせ持っている人のように思われる。

そして、二一歳の年まで、この世で苦しませられたり、悩ませられたりすることをほとんど経験したことがないように思われる。（七）

エマは「最上の恩恵 blessings」を合わせ持っている、完全無欠なヒロインとして堂々と紹介されている。当時のお嬢さまとして必要なものすべて、紳士階級上層に属する者が所有するものすべてを持ち、やさしい人々に取り囲まれ苦労することもなく悩むこともなく二一年の歳月を送ってきたように「思われる seemed」と語られている。彼女はすべてのものの上に立つ「ハートフィールドの女主人 mistress」（三六）「三万ポンドの資産の相続人 heiress」（一二八）の立場を享受していて、生まれながらに「お姫さまヒロイン」の要素を有しているように「思われる」。この完璧なヒロインに対しては、言葉遊びの中でエマの家庭教師と結婚したミスター・ウエストンが次のように褒めたたえている。


「アルファベットで完璧をあらわす二文字は何でしょう」

「二文字で完璧をあらわすなんて、わからないわ」

「わからないでしょうかね。あなた（エマに向かって）はきっとわからないでしょうね。教えてあげましょう。MとAの二文字ですよ――エムアンドエー――エムアー――エマ――です、おわかりでしょう」

エマは了解し、感謝の気持ちを持ったのだった。（三四八）

エマは過大な賛美に恥じらうよりは、当然と思い喜んで受けいれている。このように非のうちどころのない、完璧な姿をエマは自信たっぷりに誇っている。それゆえ、自分は人々の頂点に立っていて、周囲をコントロールすることが可能だ、いやむしろその責任があるとさえ信じている。エマのこの自信はときに読者をうんざりさせ、人々に命令する女らしくない姿に見える。さらにエマの誰よりも自分は正しいと思い込んでいる姿、そして、強引にことを運ぶ姿には、エマを好きになれない人がいると作者は考えたとしても不思議はない。「でも自分は好きだ」と予防線を張っているふりをしたのかもしれない。

読者はまずエマが完璧なヒロインと知らされているのだが、その後すぐ述べられているのは、「幻想から自己認識への動き」[※2]という部分である。すなわちエマのこの境遇がまやかしであるということが、エマが認識するよりも先に読者には示されている。「最上の恩恵」が実は幻想であることは、その後のエマの境遇が明確に示すことになる。幼いころ母親が亡くなり、姉の結婚によって広大な邸宅の中で父親の唯一の相手となっている。自分の話し相手は家庭教師のミス・テイラーのみ、そのミス・テイラーも最近結婚してエマの館から去っていった。また、このような状況のみでなくエマの言動によって、彼女自身の資質も完璧ではないことが伝えられる各エピソードが続く。幻想が崩壊するプロセスが丹念に追われ、エマが優れた「お姫さまヒロイン」ではなく、幸せも不幸せも合わせ持つ中産階級上層のごく普通の女の子、「お嬢さまヒロイン」であることがあらわになっていく。特にエマがとびきり心のきれいな女の子というよりは、良い面も悪い面も両方を持つ感情豊かなどこにでもいる女の子、普通の「お嬢さまヒロイン」に変わっていく面白さが、作品を通して展開されていく。『ノーサンガー・アベイ』の、キャサリン・モーランドとはまったく逆のプロセスを通って、エマという完璧なヒロインからごく普通の「お嬢さまヒロイン」が作り出されていく。ここでは、エマというオースティンが生み出した、また別の「お嬢さまヒロイン」の存在を明らかにしていきたい。

まず、エマ個人のもっとも顕著な「きれいで、賢くて、裕福」という語句自体が幻想であったことを提示する。次に、エマの特徴であるすべて完璧なヒロイン、「お姫さまヒロイン」の要素の崩壊から、エマが欠点も不足も有するごく普通の「お嬢さまヒロイン」に変化していく様を見ていく。ただし、エマが典型的な地方の大ジェントリーの一家のお嬢さまであり、エマの家は近隣では義兄ミスター・ナイトリーのドンウェル・アベイに次ぐ家柄であることは変化しない。本人もその地域の価値基準の規範となっている自分の存在を自負しているところは、特記しておかねばならない。彼女にとっては、当時の地方ジェントリーの世界がすべてである。その跡継ぎ娘だったお姉さまは新興の紳士階級、専門職の紳士、弁護士ジョン・ナイトリーと結婚してロンドンにいってしまった。エマはいつまでもハイベリーの田園地帯に残って、何世代も前から続く生粋の紳士階級に留まることを決意、覚悟している。というよりも、それ以外の人生は考えられないほど、エマはこの世界の中心者だったのである。しかし実は、そこから抜け出ることのできない悲哀を抱えているヒロインでもあることが、物語の進行とともに明らかになっていく。この狭い世界で亡くなった母の代わりに心身共に年老いた父親の面倒をみるのは自分の使命だと感じているエマがいる。当時のお嬢さまの生きる目標であった結婚は、独身主義者の自分には関係ないものと考えるエマにとっては、他人の結婚のみが興味の的なのである。「エマの最大の喜び」（一三）は、人と人とを結びつけること、結婚を成功させること。「決して結婚しない、決して父親のところを去らないという、固い決心」（二四五）をして「いまもこれからも結婚する意志など全然ない」（八二）エマである。「彼女は絶対に結婚しないといつもいっている」（三九）と本人が結婚を嫌っていることは知れ渡っている。

ジェントリー世界の申し子エマ、その規範の守り手エマにとって重要なことがある。すなわち自分が推し進める結婚は、必ずきちんとした階級制度を守るためのものであって、それを崩すようなものは許されないこと。身分制度を汚すような結婚はあり得ないことである。「身を落とす degrade」（六一）ような結婚の基準に目を光らせなければならないという使命感にエマは燃えているが、女の子にとっては身分を少々上昇させる結婚はあるべきだと信じている。だからどの人がどの階級のどの階層に属しているかは、もっとも重要な問題である。エマは、自分の、紳士階級に対する認識を過信して行動し人を支配して、この物語で語られるあらゆるエピソードで失敗を巻き起こす。彼女の思いが強ければ強いほど、その失敗の意味するところは大きい。「お嬢さまヒロイン」の頂点に立つエマの言動を見ることで、彼女のヒロインとしての資質が問われてくることになる。

キャサリン・モーランドとエマ

ここで強調しておきたいのは、ジェントリー社会の頂点に立つようなエマが当時のお嬢さまの必須条件である「たしなみ accomplishment」を完璧に持っていると述べられているのではない点である。さらに、「きれいで、賢く、裕福」という三要素のためにエマは完璧とされているが、これらはともすれば、男の人が自分に対して求めたい要素であることも指摘しておきたい。すなわちエマにたいして、「きれい handsome」[※3]という語が用いられている。また後述するが、「裕福」という言葉も、当時の家父長制の社会では女が必要とするものというよりも、男のためのほめ言葉だとさえ考えられる。エマの場合は、「三万ポンドの相続人、ハートフィールドの女主人」と書かれているが、これは、財産が男子によって継承される当時の英国社会の相続制度から見ると、破格の財産授与であり、特異な女相続人である。エマは、女というよりも男の位置の近くにいてその立場を楽しんでいるようにさえ思われる。

さらに、「賢い」という最大の賛辞は、当時の女の子にとってはあまり好ましい言葉ではない。[※4]「賢い」女の子は男の人からは好かれない。『ノーサンガー・アベイ』ではわざわざ、「お馬鹿な女の子」が「賢い」紳士階級の男の人を惹きつける力を持っていることはすでに先輩作家より保証されていることだと『(ノーサンガー・アベイ』一〇六)、オースティンは述べている。

前述したように『ノーサンガー・アベイ』のキャサリンとエマは、まったく正反対の冒頭の言葉で作者から紹介されている。「ヒロインとして生まれつかない」キャサリン・モーランドは、当時のまったく普通の紳士階級の女の子として登場している。そして、それは、『エマ』の言葉を借りれば、「きれいで、賢く、裕福」ではない女の子、ナイーヴなただのお嬢さまだ。キャサリンに対しては「すべての点にわたって、ヒロインに生まれついたと思う人はほとんどいない」『ノーサンガー・アベイ』(一五)のである。ところが、オースティンからしばしば、「私のヒロイン」と呼ばれ、この作品のヒロインであることを強調されている。最終的にキャサリンはノーサンガー・アベイの子息との幸せな結婚を獲得する。

「二十六歳と十八歳という年齢のとき完璧な幸せ」(二三五)、結婚を手に入れた。このように『エマ』と正反対の書き出しで始まるにもかかわらず、結末では意中の人とのハッピー・エンディングにこぎつけたというエマとほとんど変わらない運びとなっている。二人ともが、オースティンの同じ言葉「完璧な幸せ perfect happiness」という語句によって祝福されているのである。冒頭、ヒロインとして完璧だったエマは、現実への降下を経て、次のように締めくくられている。

その結婚式は、他の式と比べて突出するようなものではなかった。参加者たちは、パレードとか、衣装とかに全然興味がなかった。そしてミセス・エルトンは夫からその様子を聞いて、なんて貧弱な式、自分のとはまったく違うと思った。白いサテンも、きれいなレースのベールもほとんどなくて、なんてかわいそうなこと――けれども、本物の友人たちに囲まれた小さなグループは、この二人のかもしだす完璧な幸せの雰囲気に迎えられたのだった。(四五三)

このようにエマとキャサリン・モーランドを並べてみると、より興味深いエマ像が浮かび上がってきた。冒頭、正反対の二人のヒロインが同じような結末を迎えるというこのアイロニカルな経緯には、オースティンの確固たる文学的意図が込められている。

完璧なヒロイン、エマ?

作者はすべてを従来の小説の枠組みにはめながら、それを皮肉るということをやってのける。『ノーサンガー・アベイ』で表明されたオースティン文学のその部分は、『エマ』の中でも、幸せなシンデレラ物語の枠組みを取っている。ヒロインがいて王子さまがいてライヴァルがいて、そして、紆余曲折の末に幸せな結婚にたどり着くという既成の物語の枠組を持っている点である。だが作者は『エマ』においてさらなる既成の文学への挑戦を試み、その時代への隠された挑戦をしたとみたい。というのも、前作までを見ても、オースティンが既存の「しきたり」の枠組みだけの文学を作るような作者ではないことはあきらかである。前述したように、『エマ』においてヒロイン像が崩れていくことを描くことによって、作者は文学と現実の結びつきをさらに強化し、自分の意志の発揮できる創作に臨んでいる。ここにこそ近代小説の成熟があるのだから、エマの崩れていく過程はまさに小説の成熟へのプロセスと考えられるのである。『エマ』では、初めは作者(語り手)と女主人公エマは、ほとんど同じ視点を持っている。ところが物語が進み、エマが完璧なヒロインとしての座を滑り落ちるにつれて、語り手は巧妙にエマと距離をとっていく。読者には中心人物であるはずのエマが決して物語の中心にいないということが判明してくる。その降下の中で、いかにエマが「賢く」なく、盲目であるかが示される。そしてこのことを完璧なはずのエマはほとんど知らない。

完璧なエマの盲目は、自分の所属するジェントリーの世界の中心にいるという自信から生じている。中心にいるという大きな安心感がエマを間違わせている。エマがその世界で何よりも重要に思っている生きる基盤の認識は、「社会的身分」(六〇)である。エマの中には登場人物の社会における位置が書きこまれている。それゆえに、『エマ』の中で当時の紳士階級の分極化が描き出され、その中のお嬢さまたちの位置付けが問題となって見えてくるのである。その尺度を誰よりも間違いなく理解しているとエマは思い込んでいる。この社会の申し子のような存在なのだから間違えるはずがないのである。自他共にそれを認めている。エマの楽しみは、「結婚を決めること」である。人々の社会構成を作り上げることに面白さを感じている。そして、彼女は自分の家庭教師のミス・テイラーを結婚させることに成功した。ハイベリーのそばのランドルズの紳士、ミスター・ウエストンとの結婚は彼が再婚であっても、住み込み家庭教師[※5]という身分のミス・テイラーにとってはもっとも素晴らしい結婚である。次のエマの楽しみは、寄宿学校の生徒ハリエット・スミスの結婚相手を探し出すことである。私生児の彼女は裕福らしいから、その土地のエルトン牧師にぴったりの相手である、とエマは考える。ハリエットに求婚している「紳士の農場経営者《ジェントルマン・ファーマー》」のロバート・マーティンとの結婚は「身を落とすもの degrading」であると、エマはハリエットに向かって力説、指導する。

「若い農場経営者――私の気持ちを決してひかない人だわ。自営農《ヨーマン》って、私とは何の関係もない人たちなのよ」(二九)

「あなたは、この立派な社会からもう少しで自分を投げ出すことになったのよ。私はあなたと別れなければならないところだったわ」(五二)

「無知と無謀の世界に身を落とすところだったわ。立派な、知的な農場経営者と結婚するっていうなんて」(六一)

賢いエマ？

次に作者はこのように自信満々なエマの愚かしさを列挙していく。それが最大に示されるのは前述したハリエットの「相手探し」に関するエマの言動である。読者はエマの強引さに対する嫌悪とそれによって右往左往するエマの愚かしさを眼にする。最終的には間違いに気づきうろたえるエマをむしろ可愛いと感じることもあるのではないか。そのようなヒロイン造形が意図されているからである。この意味でエマは作者から陰ながら多くの心遣いを受けていたといってもよいのである。「かわいそうなミス・テイラー」(一〇、他出)、「かわいそうなハリエット」(一二七、三七七)「かわいそうなミセス・ベイツ」(九八)、「かわいそうなイザベラ」(七七、一三二)と、彼女の周囲には「かわいそうな poor」という言葉で表現される女の人たちが取り囲む。だが、エマが他の人から決していわれることのない同じ「かわいそう」という言葉を自分に感じたのは、ハリエットと結婚させようとしたエルトン牧師がエマに求婚したときのことである。よりにもよって牧師風情の彼がエマに求婚したと、彼女はいたく傷つく。自分の「判断のあやまり」(一二八)、「たった一つのことに関するありとあらゆる間違い」(一三三)に苦しむエマはさらに哀れだった。これは自分の絶対の自信を誇る紳士階級の階層の基準に対する認識の誤りを指摘されたからに他ならない。彼女が描く自分が中心の絶対的な世界は、世間全般の認識とは異なっているのではないかという不安を感じたからであろう。彼女にとってエルトン牧師の求婚は、「この愚かしさ」(一二三)「侮辱」、「厚かましいもの」(一二八)に他ならない。「彼が、能力も気品においても自分より劣っていること、そればかりか、財産も、影響力もすべてエマのほうが上だということを気づかねばならないのに」(一二九)とエマは悔しがる。自分の家は何世代も前からこのハートフィールドにあって、とても古い家柄なのに。エルトン家なんか「何でもない家」なのに、自分に求婚するとはとエマの自尊心はいたく傷つけられる。この時代、分岐していく紳士階級の階層は、生粋の紳士階級であるという認識を持つエマを直撃する。自分が正しいと思っている価値基準の尺度が間違っていれば、「判断の誤り」をすることになってしまう。エマの行動は、彼女が一番嫌う正しく判断ができないという能力の不備をつきつけた。このようにしてエマは傲慢さをさらけ出すとともに、「賢い」という大切な語句を失うことになった。

エマ、きれい?

エマが「きれい」ということはどうであろうか。エマはしばしばジェインの容姿を気にする。彼女が美しいかどうかに対して、フランク・チャーチルは彼女の髪型が気に入らないとか、肌の色がくすんでいるとか、難癖をつけてほめない。だが、そのフランクはジェインとの秘密の婚約を告白した後、ジェインのことを褒めちぎる。エマが初めからジェインの容姿、態度を気にしているのも彼女の美しさ、特に当時の紳士階級の根本要素のエレガントであることを認めざるをえないからであろう。

「ジェイン・フェアファックスは、とてもエレガント、比類ないほどエレガントな人だ。そして、(エマ)はエレガンスということにかけては、自身とても重きを置いていた。……彼女(ジェイン)の容貌は、思いだす以上に美しいところがあった。並みの美しさではなく、でもとても心温まる美しさ。……それは美しさの種類であって、その中でもエレガンスがとても重きをしめていて、そして、それは（エマ）がわれにもあらず何よりも評価するようなものだった」（一五六―七）

エマは思わずジェインの美しさを、「とてもきれい（handsome）、いえ、きれいよりももっと上（better than handsome）」（一五八）とミスター・ナイトリーに述べるほどである。彼の方も、「真実のたしなみを持った若いお嬢さん、エマが自分にほしいと思っているところを持つ人」（一五六）だと、ジェインの魅力を告げることになる。さらに「女としての魅力」ということであれば、エマはジェインに適わない。当時重要視された女としての「たしなみ」をエマが十分持っているかといえばそうではなく、エマは自分がわがまま放題に育ってきたことをつくづく反省する。「彼女は子供時代怠けてしまったことを心から残念に思った」（二二五）。

エマとフランクはふたたび一緒に歌った。けれどもエマはその場所をミス・フェアファックスに譲りたいと思った。彼女は、歌もピアノもはるかにエマ以上のものだった。そして、これは、自然ににじみでてくるようなものだった。（二一二）

自由気ままにハイベリーを支配、指揮していたエマだったが、ジェインには適わないと悟ることになる。最終的にはジェインはフランク・チャーチルとともにハイベリーの世界から消えていくのだが、エマの主席の座を揺るがしたことは確かである。ここにエマの誰よりも際立ったヒロイン性は危ういものとなってくる。フランクはジェインの容貌をけなしていたのだが、後になって彼女の肌は誰も匹敵できないほどの独特の美しさを持つものであると、ジェインのエマより秀でた美しさを語る。

「あのような肌を見たことありますか、あんなになめらかで。きめのこまかい肌。けれどもつやつやしているというのではなくて――誰も彼女を美人だとはいわないけれども、とても普通でない一種独特の肌。それに黒いまつ毛と髪の毛――どうやってもうまく表現することができないほどの肌。とてもきれいな肌色、うまくいい表すことのできないようなその肌の色はただ美しいという以外にはない――」(四四七)

ジェインの類まれな肌はずっとエマが無意識のうちに気にしていたものである。一度はエマと結婚するのではと周囲に期待させたフランク・チャーチルだが、結局はあいまいな弁解、エマとはただの友達だったというだけだった。さらに、ジェインはその優れた資質のために、エマの本当の相手だったミスター・ナイトリーからも高く評価され、エマの嫉妬と不安を掻き立てる。ジェインの存在はエマが一番きれいというのではないこと、絶対のヒロインではないことを示す。

さらにエマの、ハイベリーの社交界でのヒロイン性は、彼女が馬鹿にしているあのエルトン牧師の新妻、ミセス・エルトンによって奪われてしまう。「ミセス・エルトンが歩いていく、なんてエレガントに見えるんでしょう。美しいレースよ。彼女のうしろにみんなを従えて、まったく今夜の女王さま！」（三〇八）。ジェインを待たなくとも、エマの主席の座はもっと違うところで揺らいでいた。未婚のエマは結婚している女性、あのエルトン牧師の妻に社会的な立場として勝つことができないのである。パーティーの場面で、エマは屈辱を味わうことになる。彼と結婚したミス・オウガスタ・ホウキンズは、ハイベリーに来るや、既婚者という地位のために主席の座を占めることになり、エマは不快な思いを抱くことになる。

ミスター・ウエストンとミセス・エルトンが先導だった。フランク・チャーチルとミス・ウッドハウスはその後に続いた。エマはいつもパーティーでは自分が一番だったのに、ミセス・エルトンに座を譲らねばならなかった。彼女が結婚してるから。（三〇五）

裕福なエマ？

ハイベリーに現われたときエルトン夫人は、「決して結婚しない」と宣言しているエマの前で、エマよりも先頭を行くことを許された。結婚している女のほうが上位に立つこと、そのような礼式であることは『自負と偏見』でも末娘の結婚によって示されている。ミセス・エルトンは、自分が一万ポンドの財産を有していることを吹聴する。実家自慢の彼女にとって静かにジェントリーの暮らしを守り父親と二人で暮らしているエマの生活は貧相に見えて仕方がない。エマがどんなに生粋の紳士階級のお嬢さまであっても、ミセス・エルトンにとっては、館の大きさ、その装飾、また、どんな馬車を持っているか、衣装の美しさ、レースなど物質的なもののほうが重要なのである。趣味は、ショッピングと華やかなパーティー。金銭面でいかに贅沢にお金が使えるかどうかが問題であった。彼女が自慢するのは、姉セリーナの婚家先が「ハートフィールドよりも金持ちだ」ということ。エマは大土地所有者の娘であるが、ミセス・エルトンは成り上がり者の娘だ。成り上がってきただけ金を使う点ではエマよりも裕福である。自由に物を買う資産・欲望を持っている。このような新興の紳士階級の女の前では、エマの「裕福」という言葉ももろくなってしまう。エマとミスター・ナイトリーの結婚の次第は、「とっても見苦しく、自分のときより、ひどく劣っている――白いサテンもベールのレースもほんの少し、本当に気の毒なこと」(四五三)とミセス・エルトンは考える。商人上がりの紳士階級の出ではない、エマにとってはもちろんそのような物質的な贅沢は似合わないし好まない。だが、どちらが「裕福」かということについては、エマの独壇場でないことだけは確かである。

一方で、エマが甥のヘンリーの財産相続に対し過激な反応をするのは、エマの「裕福さ」がさらにもろいことを明白に示しているといえよう。ミスター・ナイトリーがジェインと結婚するかもしれないということを聞いたエマは大反対する。甥が彼のドンウェル・アベイを引き継げなくなるかもしれないと恐れたのである。というのもミスター・ナイトリーの弟ジョンとエマの姉の子供のヘンリーはミスター・ナイトリーに男の子が生まれない限りはそこの相続人となる。だが、ジェインやハリエットなどとミスター・ナイトリーが結婚すれば、そこにできた男の子がドンウェル・アベイの財産を引き継ぐことになってしまい、ヘンリーの権利はなくなる。エマは最後に、ミスター・ナイトリーが自分と結婚するからヘンリーの権利を剥奪しないと得意そうに自分の結婚を述べ立てている。

エマがなぜこのように財産に過剰の反応をしたかというと、彼女は三万ポンドの資産の相続人にはなっているが、男子相続が決められている当時、これは破格の待遇であり、不安定な相続方法なのである。土地は姉の息子ヘンリーが引き継ぐ方が自然な成り行きであるから、いずれそのように動くかもしれない。その場合にヘンリーが多くの資産を持っているほうが、エマ自身の不安定さも少しは救われるであろう。もし、彼女が結婚すれば彼女の財産はすべて夫のものとなる。[※6]その場合、当時の女の例に漏れず、彼女の実際的な財産はなくなる。これらを考えたときに、現在のところ唯一の男子継承者、ヘンリーにできるだけ「裕福」でいてほしいと願うのがエマの真情であろう。もちろん、ドンウェル・アベイの土地と財産が、エマの系累の手に入れば、それは、彼女にとってこの上ない喜びでもあるし、長男であるミスター・ナイトリー経由で他の人の手に陥るのは、何よりも避けたいとエマが考えたとしても不思議ではない。たとえ、彼女がそこの長男と結婚することの口実だったとしても。得意満面のエマの背後にその時代の不安要素が隠されている。

エマの秘密のプロット

このように「きれいで、賢くて、裕福」という完璧なヒロインの要素を持ったエマの物語は、作中エマがそれらの語句を剥奪されごく普通のお嬢さまになって、姉のイザベラのような「正統な女の幸せ」を獲得するプロセスとなっていった。これが『エマ』の筋書きであった。すべて、誰よりも秀でていたはずのヒロインは、読者と変わらない普通の「お嬢さまヒロイン」へと変化した。そこより生まれる読者との共鳴感、それがこの作品の魅力でありエマの魅力なのである。自分たちと同じ人間らしい可愛いヒロインがエマなのである。幸せになったのは、まさにエマ。父を捨ててよそに嫁ぐこともなく、結婚相手は広大な土地と財産を有しながらそれを差配の使用人に任せて自分は妻の実家に移り住むという、当時の女にとっては考えられないほどの幸せな結婚を獲得したエマ・ウッドハウスの物語は、やはり「お嬢さまヒロイン」の物語であった。エマは『ノーサンガー・アベイ』の想像力過多のキャサリンと変わらない。そして、家族思いで、思い込みと自信過剰の行動に走り、失敗するといたく反省しくよくよ悩む。突出したお姫さまなどではない、まったく普通の女の子である。

彼女の最大の秘密はミスター・ナイトリーから求婚されたときに、ハリエットから聞いていた彼女のミスター・ナイトリーへの恋心を伝えずに沈黙を守ってしまったことだ。自分の心の声に従い、好きな人との結婚を成就するために、自分の意志を尊重し行動したのである。

ナイトリーがエマとハリエットの両方を取ることはできない。エマはハリエットを気の毒に思った。――彼女の取るべき方法は、ひとつ。あまり良いとはいいがたいかもしれないが――彼女は口を開いた。こんなにも誘われたから。何を話したのか――もちろん話すべきことを。淑女がいつもすることを。エマはナイトリーに、がっかりする必要はないといった――そして、彼にもっと自分の気持ちを話すようにとうながすのだった。（四〇三―四）

ライヴァルの恋心を知りながら、それに対して沈黙をまもった。同じ状況の『マンスフィールド・パーク』のファニーは正義のためと堂々としており、後ろめたさを感じなかった。だがエマは正反対にそのことをくよくよと悩む。自分の行動を意地悪で恥ずかしいと認識している。「あなたほどの人はいないわ。あなたのことが一番心配。心の優しさが何よりも魅力。ハリエットはその魅力、幸せを与える力で誰よりも優れているの。」（二四九）と、語るエマの気持ちに嘘はない。彼女は身分的には劣るハリエットが自分よりも優れているることさえ認めるのである。このような人間らしいヒロインがエマなのである。どうしてこんなエマを「他の誰からも好かれない」と作者は考えたのだろうか。

エマとミス・ベイツ

これまでのジェイン・オースティンの「お嬢さまヒロイン」たち、猪突猛進のキャサリン、直情のメアリアン、賢そうなエリナー、きらびやかで、ある意味図々しいエリザベス、存在感の少ないジェイン、少しこざかしい健気なファニー。彼女たちと比べてエマは本当に可愛いお嬢さまなのである。率直で優しくておせっかい。ときに強引で傲慢。けれどもいつでも反省し、くよくよ悩み、最後には自分が大事なものを落としたことに気づき慌てふためき、自分からハッピー・エンディングを見つけていくごく普通の女の子、「お嬢さまヒロイン」である。

エマが結婚しないと宣言していたことは、どのような社会的な意味を持っていたのだろうか。ハイベリーの前牧師の年のいった娘ミス・ベイツとエマを対比させてみると興味深い類似点と相違点が見出される。ミス・ベイツはエマとまったく正反対の状況にいる。「若くもなく、裕福でもなく、結婚もしていない。美しさも賢さもない。」(二一)と描写されている。冒頭のエマの「きれいで、賢くて、裕福 handsome, clever, and rich」という同じ言葉を用いられて、ミス・ベイツはそれらを持っていないと述べられている。ミスター・ナイトリーは、彼女をからかうエマを批判して「もし彼女がお金持ちで、あなたと同じ境遇なら。でもまったく違うのですよ、エマ」(三五一)と、たしなめる。だが、エマの持っているものすべてを持っていないミス・ベイツがエマがもっともほしいものを持っていたのだ。

ミス・ベイツは若くも、きれいでも、金持ちでもなく、結婚もしていない女の人なのに、不思議なほど人々の人気があった。——彼女は、美しくもなく、賢くもなかった。——彼女は、すべての人を愛して、自分がとっても幸せ者と思っていた。素晴らしい母親と、良い隣人、友人、すべて欠けることがなく「恩恵 blessings」に恵まれていると満足していた。（二一）

作者はわざとエマに対して用いたと同じ語句でミス・ベイツはその正反対であると説明する。だが、そのミス・ベイツが「すべての人から人気がある」と書いたときに、非常にアイロニカルにエマを描写しているようにも受け取れる。また逆に彼女とエマも、同じかもしれないという巧妙な暗示は、エマの絶対に結婚をしないという意見に対してハリエットが単純に素朴に聞いていることによってかえって強調される。ミス・ベイツと同じように、オールド・ミスになるのではないかと。それに対してのエマの答えがさらにエマの間違いを明らかにしている。もしかしたらエマの将来は彼女が軽蔑するミス・ベイツかもしれないと思わせるのである。「結婚しなければ、ミス・ベイツと同じように、オールド・ミスになるって。いいえ、そんなことないわよ。私は貧しいオールド・ミスにはならないもの」（八三）。そしてエマが貧しいオールド・ミスの悲惨さをとうとうと述べる有名な場面となる。だが、わざわざエマの特徴である語句を用い、ミス・ベイツを「きれいで、賢くて、裕福」とは反対の人であると紹介することに作者の隠された意図が感じられてしまう。これは、オースティンが用意周到に配置した「象の牙」であると考えられるのである。次世代、ヴィクトリア時代の女性は、もし結婚しないのなら多かれ少なかれミス・ベイツのような立場には誰でもなる苦しさを抱えていくのである。おっとりとしたエマも同じだと示すことで作者はある警告をおこなっている。

エマの結婚と「象の牙」

エマのハッピー・エンディングは、あまりにも小さな出来事「にわとり泥棒」から成就された。ここで、ようやくエマがなぜ結婚しないのかも明白に判明する。しかもそれ以後のエマのことが示唆されてこの作品は、結末を迎える。このような思いがけない、まったく小さな出来事からの結婚へ至る結末はオースティンお得意のものである。結婚という当時の女性の生活、人生のすべてがかかっているようなことがほんのくだらない出来事で達成されるというのは、オースティンのブラック・ユーモアとして考えられよう。『エマ』においては鶏泥棒が近所に入って恐がったエマの父親を安心させるため、エマのハートフィールドの館に移り住むというかねてよりのミスター・ナイトリーの申し出がミスター・ウッドハウスに大歓迎されて物語は大団円を迎えることになった。そしてこれはエマ中心の結末である。あれこれとエマの失敗や欠点を教えてくれていたミスター・ナイトリーを自分の思い通りに取り込んでしまったのは、エマだったのだ。当時の家父長制度の、男子相続が絶対の土地制度の中で、その長男に自分の領域を去らせるような行為を取らせたのは、エマだった。自分の思い通りにコントロールし、すべてやり遂げたのはエマだとしたら、当時の制度自体を揺るがすような結果を導き出したのだから、『ノーサンガー・アベイ』のキャサリンのような無邪気なハッピー・エンディングと、諸手を挙げて喜べない物語かもしれない。このことは、ミセス・エルトンが不気味に予言している。

一緒に住むなんて、なんてひどい話。そんなこと絶対にしてはいけないことよ。メイプル・グラブのそばの一家を知っているけれど、同じことをしたのだけども、三か月もしないうちに別れてしまったわよ。(四三八―九)

ここにもオースティンの「象の牙」は存在し、恐い結末の予想も生じる。ミスター・ナイトリーはいつまでハートフィールドの館にいるのだろうか。エマの父親が生きている間ではないかというのが答えなのだ。「お父さまが幸せなら、いいかえれば生きている間はハートフィールドはあなたの家、いいかえれば、私の家なのです」(四一九)と、その結婚の話し合いの最中にミスター・ナイトリーは述べている。ということは、お父上が亡くなったらという言葉が言外に隠されている。エマが持つ三万ポンドの財産権は、法律上は夫のものになる。また、その土地財産はヘンリーのものになるのだろうか。女であるエマのものにはならないだろう。とにかくエマとミスター・ナイトリーの二人は、結局「マリッジ・セツルメント」[※7]の約束も契約もなく「幸せな結婚」をするのだから、エマの財産はすべて夫のものになるのだ。結婚によって妻は法律的に夫に吸収される。エマは幸せのあまりいまだこの点に関しては、自分だけは大丈夫と思っている。なんと可愛い「お嬢さまヒロイン」なのだろう。

妻の財産権を認めさせるために、ヴィクトリア時代をかけて紳士階級の女性の権利主張の法案を通過させる戦いが続くことになる。もちろんその中心は、既婚女性財産法案[※8]の通過であった。その法案が初めて議会に出てくるのは一八三〇年代であり、満足に通過するのは一八八〇年代まで待たねばならないので、エマの場合にはこの恩恵を受けることは少しもない。だが作者は確実にエマを取り巻く状況、財産問題、紳士階級の女性、特にお嬢さまたちや妻の状況を意識しヴィクトリア時代への伝言としている。結局、この作品において賢かったのは、一体どちらなのかと。エマなのか。ミスター・ナイトリーなのか。回る、回る、世界は回る。シェイクスピアのコメディーにも匹敵する人間喜劇がここにでき上がっている。

第六章

『説得』
階段を下りる「お嬢さまヒロイン」、アン・エリオット

説 得 (1817)

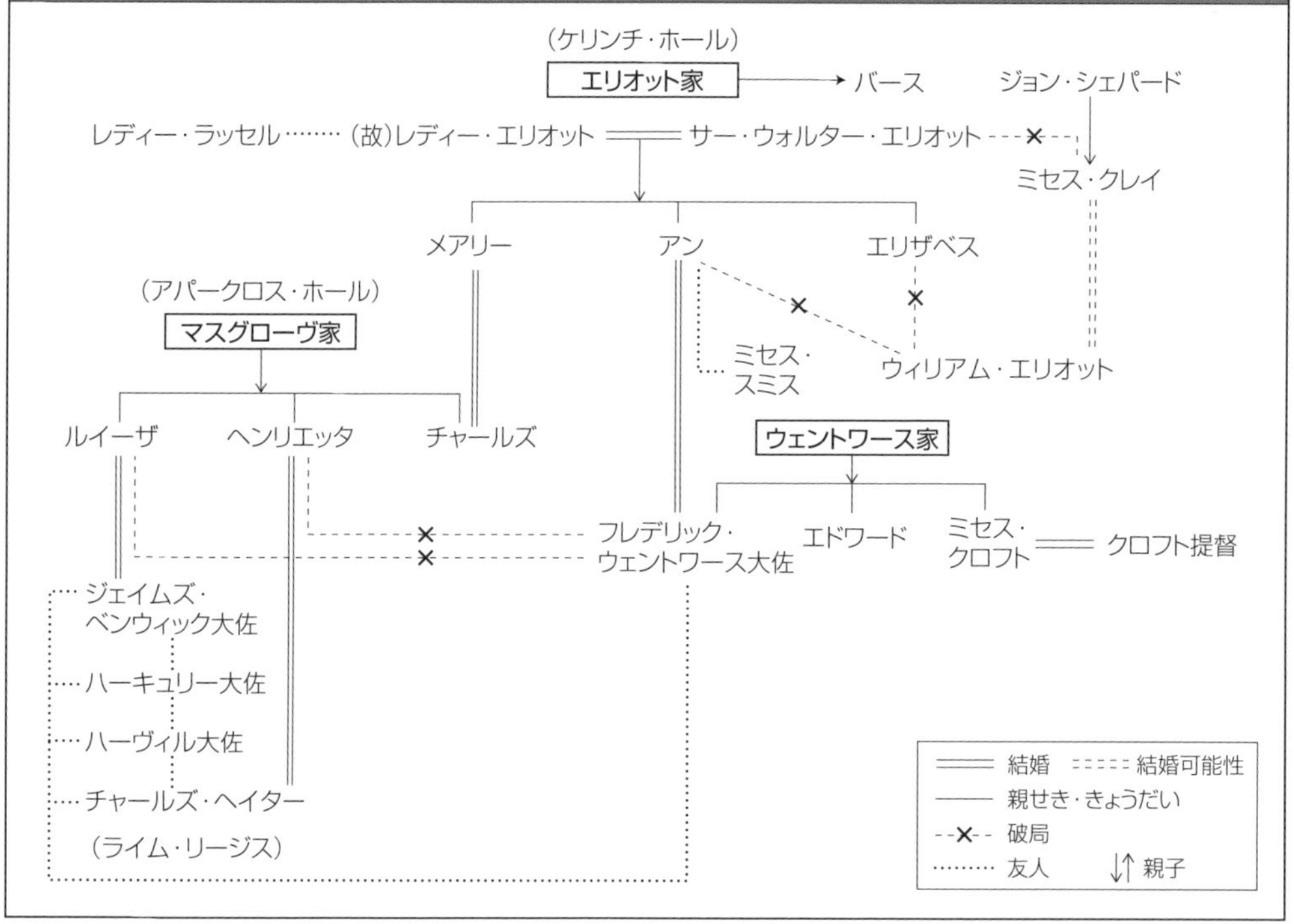

(ケリンチ・ホール)
エリオット家
バース
ジョン・シェパード
レディー・ラッセル
(故)レディー・エリオット
サー・ウォルター・エリオット
ミセス・クレイ
メアリー
アン
エリザベス
(アパークロス・ホール)
マスグローヴ家
ミセス・スミス
ウィリアム・エリオット
ルイーザ
ヘンリエッタ
チャールズ
ウェントワース家
フレデリック・ウェントワース大佐
エドワード
ミセス・クロフト
クロフト提督
ジェイムズ・ベンウィック大佐
ハーキュリー大佐
ハーヴィル大佐
チャールズ・ヘイター
(ライム・リージス)
結婚
結婚可能性
親せき・きょうだい
破局
友人
親子

アン・エリオット、シャーロット・ルーカスの幸せ版

『説得』を作者が書き始めたのは、英国海軍がナポレオンとの戦いに勝利して、軍艦「ノーサンバーランド」でセント・ヘレナに彼を連行した一八一五年八月八日といわれている。ここでとくに考えたいのは、「お嬢さまヒロイン」としての女主人公の取り扱いにおけるこれまでの作品との大いなる相違についてである。当時の女たちの究極の目標として掲げられた結婚選択の結果に対して、この作品独特の提示がある。よくいわれるように『説得』の新しさは、ヒロインの年齢が高いこと、ほかの作品が終わっているところから始まっているいることとだけにあるのではない。※1 その新しさは「お嬢さまヒロイン」のアン・エリオットが結婚後にどのような生活を形作るかに関する、作者の考えが暗示されているところにある。ヴィクトリア時代に向けて、女が「領域を広げていくこと」に関しての斬新な伝言、作者の次世代への提言が見出されるからなのだと考える。

この作品の「お嬢さまヒロイン」の、興味深い一つの特色がある。実は、アン・エリオットは、『自負と偏見』で若い盛りの女主人公エリザベスから幻滅のまなざしを向けられた二七歳のシャーロット・ルーカスに、条件的には類似するところがあるのだ。※2 ただ自分の居場所がほしいと望んだシャーロットは周囲から賛美されることもなく、作者自身も彼女にそれほど惹かれているとは思えない。オースティンはさまざまな「お嬢さまヒロイン」に挑戦した揚句、結果的には最後の長編になる『説得』で、シャーロットをわざわざ女主

人公にすえアン・エリオットとして登場させた。アンは准男爵家のお嬢さまだが、放漫財政により金銭的には逼迫している家の娘である。シャーロットも父親が海外貿易によって財をなし、ナイトの称号を得たがその体面を保つため仕事をやめた。子沢山のためもあり経済的に破綻をきたしそうな家の娘である。若くもなく、美しくもないと彼女が語る状況はアンと類似している。結果的には現実を認識し安定のための結婚のみを求めたシャーロットが成し遂げることのできなかった夢の結婚、現実とロマンス両面での幸せをアンは獲得した。若い花の盛りのときの恋人、過去の恋人を再度獲得することに成功した。この成功を見るとき、アンはヒロインとはなれなかったシャーロットの好もしい「お嬢さまヒロイン」版だと考えることができる。作者はそんなアン・エリオットを、シャーロットとは対照的にとても高く評価している。「アンは女の子の模範のよう、(私にとっては、良すぎるようにも)思えるのです」とジェイン・オースティンは述べている。[※3]

「お嬢さまヒロイン」と「身を落とす組み合わせ」

ジェイン・オースティンのこれまでの作品の「お嬢さまヒロイン」たちは、最後の結婚の場面では意中の人もしくは理想とされる結婚によって幸せを勝ち取った。その結果、紳士階級にとどまることを必須とする彼女たちの目的は達成され、その階段を上っていく結婚を手に入れた。だが『説得』のアンは違う。准男爵家のお嬢さまの彼女は、自分の意志で幸せを求めて職業軍人のウェントワース大佐との結婚を成就させる。紳士階級には留まるが、低い階層へと結局は階段を下りていく「お嬢さまヒロイン」である。だが、中産階級の台頭の著しい当時、海軍王国である大英帝国を作り上げていった軍人たちは英国を支える立役者であった。このような相手を選びとったアンは、ヴィクトリア時代に向けて象徴的に出現した「お嬢さまヒロイン」であり、作者が新しい時代への伝言の総まとめをアン・エリオットを通して提言しているとさえ思われる。

ここで、「身を落とす degrade」[※4]という言葉からオースティンの作品の幸せ＝結婚というテーマを見直してみよう。ジェイン・オースティンの作品に関しては、たとえば『エマ』において、「お嬢さまヒロイン」のエマは紳士階級と非紳士階級との線引きを常に気にしている主人公として描き出されている。『説得』において、昔、アンの婚約は「ひどく身を落とす組み合わせ very degrading alliance」（二六）であるからと、周囲の人々から大反対されたものであった。アン・エリオットが七年を経て再会した相手は、軍艦の副長から海軍大佐へと昇格し、仕事の内容も裕福さも上昇していた。だが、土地制度をその経済基盤のもとにおいていた時代に、軍人とは生粋の紳士階級に属するものではない。お嬢さまたちはいつでも紳士階級の中で少しでも自分を上に置きたい、階段を上りたいという思いと良い相手を見つけなければ階段を落ちてしまうという恐怖と不安に取り囲まれていた。アン・エリオットはまさにそのような不安定な状況にあった。

彼女は、その婚約は間違っている――はしたなくて、いけないこと、成功の可能性

のないもの、成功に値しないものと――信じ込まされたのだった。（二七）

その後「他の人の意見を守るため、彼をあきらめた」（五七）自分の心の弱さを深く恥じ、後悔したが、ミスター・ウェントワースとは縁が切れてしまった。そして八年近くたったいま、彼の姉夫婦がアンの実家ケリンチ・ホールを借りることになり、二七歳のアンが否応なく昔の恋人と再会する立場に立たされたところからこの物語は始まる。「深く愛していた」が、「身分も財産もなく」、「自信だけを持つ」（二六―七）彼を裏切ったアンは後悔の念に苛まれ、過去を断ち切れていない。

では、『説得』のアン・エリオットは消極的で、感覚上の死ともいえるような人生をただ「諦めて」送っているのだろうか。「アン・エリオットほど読者が愛し共感を覚える女主人公も少ない」[※5]といわれている彼女は、過去の幻想の中に生きるわびしい「お嬢さまヒロイン」なのだろうか。いや、アンの魅力はもっと積極的な彼女の生きる姿勢に裏付けられている。表面的には取り返しのつかない過去の行為を悲しみ、静かに生を送っている傍観者アンの背後には、失われたときを取り戻そうと必死の努力をしている力強い姿が見受けられるのである。彼女の魅力は深く沈潜する思いを、適切に行動に移していった、頼もしさ、賢明さ、いじらしさにあると推測できよう。『説得』のアン・エリオットのこの努力の過程にこそ、精神面とともに行動面においても確実に一人立ちしていく女の姿が現われているると思われる。この時代にお嬢さまが一人立ちする意味を考え、彼女たちが活躍する次世代ヴィクトリア時代への伝言とみたい。

役に立つということ

まず第一に、アンの置かれた状況に注目してみよう。彼女はケリンチ・ホールの当主、サー・ウォルター・エリオットの次女である。父親は「身分」と「美貌」のみを価値基準としており、長女、エリザベスともども傾きかけたエリオット家の現状には眼を閉じ、「准男爵」という称号に絶大なプライドを持って暮らしている。一方、アンは父や姉が身分が高いというだけで、女子爵ダリンプル貴婦人やカートレット嬢との交際を求めて躍起となっている有様を見て、「もっとプライドを持てばよいのに」と「恥ずかしく」思い（一四〇）、父や姉とは外見のみならず、内面も完全に異なっていると感じている。一四歳のとき、母を失ってからは「ただのアン only Anne」（七）として、孤独な日々を送っていた。

アンは自分の生きがいを、人の役に立つ存在であることに見出していた。『エマ』の女主人公が人の世話をすることに夢中になったように、『マンスフィールド・パーク』のファニーと同様に、自分の存在が人の役に立つことを願望するのである。財政縮小のため、ケリンチ・ホールを貸しバースに赴く父と姉のところではなく、妹メアリー・マスグローヴの嫁ぎ先アッパークロス・コテッジにアンが滞在することになったのもそんなわけである。「アンがいなくては困るわ」とメアリーがいうのに対して、エリザベスが「じゃ、アンはこちらにいたら。バースでは誰もあなたを必要としてないもの」と述べたからなのだ。

変ないい方ではあっても、役に立つといわれた方が、役に立たないと拒絶されるよりも好ましい。アンは役に立つと思われたことに喜びを感じ、義務として定められたものを持つことが嬉しく……留まることにしたのだった。(三二)

実質的には何の拠点も持たないアンであるが、彼女の存在はマスグローヴ家にあって一番役に立ち、欠かせないものとなっている(五一)。一方、故レディー・エリオットの後をすべて引き継いだ形の長女エリザベスは、父、サー・ウォルターという後ろ盾を持ち、揺るぎない存在に思われる。だが、当時の法律により土地財産は男子限定相続のため、彼女の誇りケリンチ・ホールは父亡き後、従兄ウィリアム・エリオットに引き継がれる。また、現在すでにエリオット家は屋台骨が傾きかけていることを考えるとき、威張って暮らしているエリザベスの存在は非常に脆いものである。彼女が唯一考えたことは、ウィリアム・エリオットと結婚すれば、ケリンチ・ホールに自分は留まることができるということだった。しかしウィリアムはもっと気楽な結婚をしたいからと、彼女の誘いには乗らず、エリザベスは紳士階級のお嬢さまとして不安定なままの状況なのだ。

末娘メアリーの場合はどうであろうか。三人姉妹のうち、ただ一人の既婚者である彼女にとって、妻となり母となっていることは大いなる誇りである。自分の思い通りになる夫や子供は彼女の大きな拠り所でもある。夫や子供に囲まれた生活は幸せの基本であろう。だが、メアリーは少しもそこで真の意味での基盤を得ていない。「いつでも病気になりたがっている」（四二）彼女は、自分の都合によりいかようにも態度を変え、前言を翻す。その言動は不平不満に満ち、自分の現在の楽しみを利己的に追求しているのみである。長男チャールズが転倒し怪我をしたために、ウェントワース大佐を迎える本家のパーティーに出席できなくなったメアリーは、一人で出かける夫にいらだつ。喜んで人の役に立とうと思っているアンは自分が残り、母親の代役をすることを申し出る。アンがこのような役割を手にしているなかで、メアリーは母としての役割を放棄したも同然なのである。

女と仕事

アンは前述したように、「役に立つ」ことに生きる意味を見つけている。このアンの生き方をさらに強調するのが、学校時代の友人のスミス未亡人の生きる姿である。彼女が生き生きと忙しそうに編物をして働いている姿を見て、アンは仕事をする楽しさを再認識する。働くということは、その行為自体が人間を「自分の中に閉じこもるのをやめさせ」（一四五）、孤独から救い、「無気力」と「憂鬱」から解放する役目がある。スミス夫人が仕事に明け暮れ、その楽しみに没頭する姿に悲惨な様子はない。彼女が編物をして貧しい人々の役に立つのは「嬉しいこと」で、忙しそうに仕事をするのは「大きな楽しみ」である。「お金の余っている人に品物をさばいてくれる」（一四五―六）職業看護婦の人に大いに感謝しているると聞くとき、アンは心から同意する。ここに、ジェイン・オースティンの女性の仕事に対する他の作品には見られない意見が現れている。女性と仕事の関係を、時代に即して作品中でとらえたと思われるブロンテ姉妹にもつながる※6、新しい展開と思われるのである。

アンが人の「役に立つ」ときに、その特徴の一つに相手に強要しないことが挙げられる。あの苦い経験の後、人と自分は異なって考えるということをアンは学んだ。この認識は彼女の生き方のすべての基本となっている。常に相手の状態、必要度を見極めてから行動する。物事を「見つめ、観察し、熟考し、最後に決定する」（一四五）という彼女は、相手の要求を正しく認知しようと努力する。ファニーやエマとは違って、独善的なところがない。このようなアンの特質が、求められればいつでも役に立つ用意ができている体勢を彼女に取らせるのである。この柔軟な態度こそが、誰よりも頼もしい、好もしい、有用な人物としてアンを高めている。

このような生き方や状況はピアノ演奏に関わるエピソードに象徴的に表現されている。マスグローブの姉妹より上手に弾けても彼女は自分から積極的に演奏を申し出はしない。アンがピアノを弾くのは、皆がダンスに興じるとき、その伴奏をするためであった。彼女は再会したウェントワース大佐がアンを無視し、他の人々と楽しそうに過ごしているとき、その悲しさをピアノを弾いて紛らわせることができて嬉しい。

その夜は、ダンスで締めくくられた。頼まれたのでアンはいつものようにピアノを弾いた。ピアノの前にすわっているとき、彼女の眼はときどき涙でいっぱいになった

が、アンは、する仕事があることをありがたいと思った。（六六）

用意のできていること

アン・エリオットは控え目におとなしそうにしているが、最終的には自分の失った愛を自分の手で取り戻した積極的な「お嬢さまヒロイン」である。アンの「小さな交際範囲」に入ってきた彼はかつての「有望なだけの将来」を、いま、確実に自分のものにしている。このウェントワース大佐との交際の再開などは望むすべもない。自分の方から断った話が復活することはありえない。二人は「見知らぬ間柄よりさらに悪い」（六〇）状態で儀礼的に挨拶する。しかし、アンはこの結果、自分の気持ちがまだ持続している感情であることを再確認した。彼女の思いは相手に迷惑ならば隠さねばならない。すべてのことに対して相手の領域に無遠慮に入ることを好まず、相手の望まないことはしたくないアンはひたすら自らの思いに耐え、相手の感情を偵察している。

「だが、どのようにして彼の気持は判るのだろうか。私を避けたがっているのだろうか」。次の瞬間、アンはこのような質問を抱いた自分自身の愚かしさを憎んだのである。（五六）

人の邪魔にはなりたくないというアンの性向は、彼女を控え目な存在とする。彼をじっと見続けることしかできない。心の中に溢れる切ない思いを表現する資格のない苦しさの中で、彼女はあたかも自分の全存在を集中したかのような緊張感みなぎる激しさでもって彼を見つめる。ウェントワース大佐が過去遭遇した事故を物語るとき、マスグローヴ家の姉妹が「同情と恐怖を感じるまま大っぴらにすることができた」のに対し、「アンの戦慄はまったく自分の中だけのものでなければいけなかった」(六二)と述べられている。アンは熱心な観察者、情熱の傍観者の立場をとっている。だが、想像力と記憶力のすべてを用いて、この立場からの脱却を果たすのである。

「それは、私が海に出る前、いまから六年位前のこと」……。こんな話がでたとき、彼の声はよどみなかったが、話しながら彼女の方を見なかったといいきる根拠をアンは持たなかった。彼の心はきっと自分と同じに、過去の記憶をよみがえらせないわけはないと思った。瞬間、二人は同じことを考えていたに違いないのだ。もちろん、彼の方は彼女と同じような苦痛の気持を伴いはしなかっただろうが。(五九)

アンは遠からず、近からず、静かに、激しく、いじらしく「観察」を続け「判断」する。その結果、ウェントワース大佐がマスグローヴ姉妹と楽しそうにしていても、「姉妹のどちらをも愛しているのではないと、アンは昔の経験と記憶から感じ取る」(七六)ことができた。もし、彼女の存在が彼の緊張の原因になるなら「自分と同じに彼の緊張も解放させてあげよう」（七三）と、同室した部屋から退こうとさえする。また他方では、いつでも「用意のできている」状態で備えていたといってもよいだろう。ウェントワース大佐の言動を脳裏に刻み込み、その要求にはずれないよう待機しているのである。

それゆえライム・リージスへ遊びに行き、ルイーザが石段から転落し、一緒にいたウェントワース大佐が助けを求めたとき、アンはまさしく用意万端整っていた。「有用でありたい」という志向はさらに彼女を強くした。みんなが茫然自失の中、アンのみが彼の要求に応えられたのは当然の成行きである。事件の処置を、唯一頼りにできる人、アンに相談するウェントワース大佐の態度にアンは「まるで昔が戻ってきた」ような感慨を抱く。これまでのように意識的な冷やかな関係ではなく、二人の間に「友情の兆し」（一〇九）が現われはじめたのを見てとり彼女は勇気を感じる。この勇気はアン自身が生み出したものにほかならない。受身の傍観者が、実は積極的な観察者であり、いつでも救援者になり得る能力、揺るぎない意志を有していたことにより獲得してきたものなのである。

アンの静かなる積極性

二人の間の友情の芽生えは、アンの上に大きな影響を及ぼした。彼女の精神を束縛していた感情、自分が彼に嫌われているのではないかという不安から解放されたのである。また、好都合なことに、アンにさらなる解放感をもたらす別のチャンスも訪れた。ウェントワース大佐を狙っていたヘンリエッタがチャールズ・ヘイターと、ルイーザがベンウィック大佐と婚約したという知らせである。彼女は「ウェントワース大佐が解放され、自由になったと知り、……大きな喜び、途方もない喜びを感じるのであった」(一五八)。いまでは、この好機を無にするようなアンではない。なすすべもなくウェントワース大佐の行動をひたすら待ち続けているのではない。自分の心に誠実になろうとする。そこには、当時、静かにおとなしく控えていなければならなかった女が、許容される境界線内ぎりぎりで積極的に相手に対して努力し、表現している様子が見られるのだ。

まずルイーザに他の人と婚約されてしまった、ウェントワース大佐の精神状態をアンは探ろうとする。彼女はクロフト提督を戸外で待ち構え、話を聞き出そうと試みる。話があちこちにとびなかなか本題に入らない提督に、アンは再三催促し「提督が『ぜひとも話さねばならなかった』ことを話すよう、思いきって促す」(一六〇)のだった。「話さねばならなかったこと」とは、アンがもっとも聞きたいウェントワース大佐の噂であると、彼女は知っている。ついに、ウェントワース大佐がルイーザの結婚によって失意に陥っていないことを聞き出し、アンは「微笑みを隠すため下を向く」(一六二)。

アン・エリオットはもはや静かな傍観者という体裁を取る必要はなくなった。彼女が情熱の傍観者であったことが証明されるようなエピソードが次々に続く。アンは賢明に、巧妙に、静かに、行動する機会を捕え実行に移す。父や姉のいるバースに来ていたとき、アンは、思いがけずウェントワース大佐を窓越しに見つけ、是非とも確認したい気持に襲われ、自分に自分の気持ちを繊細に隠しながらも立ち上がる。

アンは戸口にまで出て行きたいと思った。雨が降っているかどうか確かめたいのだ。他の動機など、あるわけがないではないか。ウェントワース大佐はもう見えないに決まっているから。彼女は席から立ち上がった。行ってみよう。……別の動機があるなんてかんぐらなくたっていい。雨が降っているかどうか見たいだけなのだから。（一六五）

ライム・リージスの事故以来、ウェントワース大佐はアンに冷淡な態度を取れなくなっていた。アンはこの変化をいち早く察し、いままでのじっと見つめるだけだった状態から脱出しようと決心していた。その結果アンは実際に「立ち上がった」のだった。自分の心を巧妙に語り替えて。さらにウェントワース大佐がバースにいるのを知って彼に会うチャンスを捕えようと努める。父や姉との儀礼的なパーティーへの出席は、スミス未亡人との先約があるからと断るのだが、ウェントワース大佐が来そうな音楽会に出席するためにはスミス未亡人との先約を延期してもらうのだった。彼女の行動は他の誰でもない、アン・エリオット独自の判断によって決定されている。自分の心を裏切らない行動を取ろうと決めているのである。

ウェントワース大佐は音楽が大好きだから、音楽会はとても楽しいものになるだろう。彼とほんの数分間でも、ふたたび話せるなら、きっと自分は満足するとアンは思った。

そして彼に話しかけるということについては、機会があれば全力を尽くそうと思うのだった。（一六九）

控え目であることが尊ばれた時代であるから、アンが自分の意志を通すためにも、その行動は静かなものであらねばならない。アンの静かな行動は彼女の決意と確信に支えられ、誤まることのない確実なものとなる。この精神と行動の一致こそが『説得』の「お嬢さまヒロイン」が独立した真実の生を送っている証拠なのである。

アン・エリオットは、音楽会に現れたウェントワースに、全神経を集中して、挨拶をする。この行動は「ただお辞儀をして立ち去ろうとしていたウェントワース大佐」を彼女の傍に立ち止まらせることになる。

ウェントワース大佐は一人で入ってきた。アンは一番近いところにいたが、もう少し近づいて話しかけた。彼はただお辞儀をして通り過ぎようとしたが、彼女のやさしい「こんにちは」という言葉のために、後ろに厳格な彼女の父や姉がいたにもかかわらず立ち止まり話しかけたのだった。……アンは正しいと思うことはすべてしようと思うのだった。（一七二）

さらにアンは、ここで、「異なった存在」であると考えていた父や姉からの別離をさりげなく果たす。アンの関心はただウェントワース大佐の心がどのような反応を示すかということである。彼の心の痛み、苦しみを全力を挙げて取り除き、その喜び、楽しみを一緒に味わいたいと願い、この決意を類いまれなる静かな行動により完成させる。またウィリアム・エリオットに嫉妬する彼の気持をいち早く察し、アンは一歩前に出る。ウェントワース大佐がベンウィック大佐に手紙を書く間、アンとハーヴィル大佐は女と男の愛情の特質について語り合う。ウェントワース大佐が同室にいるのを大いに意識し、勇気を奮いたたせてアンは一般論に託して自分の気持ちを必死に訴えかけるのだった。

「女の人は男の人ほど忘れやすくないのです。これは長所というよりも運命的なものですわ。私たちは家の中に閉じ込もって静かに暮らしていますから、感情に悩まされてしまいます。」(二一八)

まるで愛の告白ではないか。自分が決して諦めたり忘れたりしていないことを、感情をたいせつに抱き慈しんでいることを、アンは口に出しているのである。この会話の最中にウェントワース大佐のペンの落ちる音がして、彼が聞いているかもしれないという発見にもかかわらず、アンは話をやめない。「私たち女の特徴は相手の方がいなくなっても、望みが適えられる希望がなくてもいつまでも愛し続けられることですわ」(二二一)と。彼女はもはやハーヴィル大佐に話しているのではなかった。その向う、机のところにすわっているウェントワース大佐に一途に心の奥底から訴えかけているのだ。二人のみで会話を共有するため二人にしかわからない貴重な過去まで動員し、賢く行動し、自分に振り向かせようとしているのだ。

「お嬢さまヒロイン」の勇気ある行動

ウェントワース大佐の愛情をアンに向けて表現させるためには、彼女自身の助力が必要だった。『ノーサンガー・アベイ』を初めとして、作者は「私のヒロイン」の「権威を傷つけても」、このような果敢な「お嬢さまヒロイン」の行動を支持してきた。そのような逞しく勇敢なヒロインのみが、成功を手にするのだった。その路線にアンはもちろん乗っているが、彼女の場合、もっと賢く秘やかにとうてい成功の見込みのないような相手でも、最後まであきらめず行動するのだった。アンの声は間違いなく部屋中に浸透しウェントワース大佐の心を溶かす。大佐は、「いくら声をひそめても、他の人には聞こえなくても、私にはあなたの声の調子は聞き取れるのです」（二二二―三）と手紙を寄越す。アンの「気持が判ってさえいれば」すぐにも求愛したかったと。エリオット家のパーティーへの招待を受諾するか否かはアン次第であるとする彼の手紙に、彼女は自分の意志が確実に届くよう細心の配慮を払う。注意深く、用意周到に成功へと導く。アンの場合、決してあきらめない慎重な「お嬢さまヒロイン」だった。ほとんど成功を眼の前にしてもさらにアンは努力を怠らない。「街を歩いている間、きっとウェントワース大佐と会える確信があった。アンはかごいすによりこの機会が失われるのは耐えられなかった」（二二三）ので、かごいすを呼ぶ申し出を歩いて帰ると、断る。さらに万一すれ違ってしまう不幸を避けるための、努力をしようと一生懸命だった。ハーヴィル大佐とウェントワース大佐に是非、パーティーに来るように伝えてくれと、マスグローヴ夫人にも伝言を頼む。全力を尽くして、自分の気持がウェントワース大佐に届くよう計る。その上、「もし彼がキャムデン・プレイスに来なかったとしても、ハーヴィル大佐に頼んで意志を通じさせることは、私にもできるわ（in her power)」（二二四）と考える。最終的には自分の力を頼りにすることをいとわず、恥辱とも思わないお嬢さま、アン・エリオットがいる。そう、アンは懸命に、必死に、健気に力を尽くして相手を獲得した「お嬢さまヒロイン」なのである。

「ゆりかごから墓場までひたすら耐えしのび、静かにしていることが女性の最大の義務」※7であり、美徳であると讃えられていた一九世紀の英国社会にあって、アン・エリオットが真剣な観察と静かな行動により、叡知の限りを尽くし、不遇な状況から幸せなヒロインへと甦っていった積極的な努力はいじらしく、衝撃的なものである。『ノーサンガー・アベイ』で、ジェイン・オースティンが述べた「野蛮な想像力」の勝利であり、オースティンの「お嬢さまヒロイン」にとって、女の積極性はもはや恥ずかしがるようなことは、いささかもない。

アンの結婚と英国海軍

アンの結婚相手は、当時の紳士階級の中枢をなすジェントリー階級の紳士、大土地所有者ではない。海軍の職業軍人として海外に勤務して大きな富を得て、立派な紳士となった新興の紳士階級に属する人である。作者は物語の初めのころに、海軍に務める現実を述べている。アンの結婚に反対するサー・ウィリアム・エリオットからその職業の胡散臭さ、仕事の大変さがあらかじめ語られている。

「私はそのこと（海軍）に関して二つの強い反対の根拠を持っている。まず第一にその職業は、あまりしっかりとした生まれでない者を、立派な名誉あるところまで引き上げる手段であること、父親や祖父たちが決して夢見ることもできなかった身分にまで引き上げてくれること、それから第二は、その仕事は男の若さと活力を凄まじいほど奪い上げ、船員はすぐに年をとってしまい、どんな人よりも早く老けてしまう。」（二〇）

物語の最後の作者の言葉には、その職業に対する不安材料が婉曲に入れてあり、この結婚の恐怖までほのめかされている。だがアンのハッピー・エンディングを邪魔するようなものではないと思わせられて読者は幸せな結婚の祝福へと導かれていく。

「アンはやさしさそのものだった。アンのやさしさは、ウェントワース大佐の愛情によって最大の評価を受けた。アンの友人たちは彼女がもう少しやさしくない方が、彼の職業には良いのにと思うほどだった。将来の戦争に対しての恐怖は陽の光を雲らせる唯一のものだった。彼女が船員の妻となることは光栄なことだ。だが、その職業に属していることのため突然脅威の知らせを受けるという過酷な税を支払わねばならないのだ。もし可能なら、この職業がその国家的な必要性よりも家庭的な徳のほうをより重要視してくれることを。」(二三六)

職業軍人とのアンの結婚は、「お嬢さまヒロイン」がその生まれ育った場所から生きる領域をまったく異なった所に移動するものである。それは、准男爵家から新興の、ぎりぎりの紳士階級へと階段を下りていくものであるかもしれない。アンにとってはいささかもひるむところのない幸せな結婚であるが。妹メアリーのこの結婚に対する意見はもっとはっきりとアンが結婚によって変化する将来を暗示している。

「姉が結婚していることは、自分の信用を高めることだった。ウェントワース大佐がベンウィック大佐やチャールズ・ヘイヤーよりも裕福であることは心地よいことだった。二人が一緒にいるときに、アンが先輩の権利を取り戻したことを眼にして、それからアンが小さな素敵な馬車の持ち主になっているのを見るのは、少ししゃくなことだった。でもアンの将来にはアッパークロスの大邸宅はないし、大地主として所有する土地もないし、家族の長たる地位もないのだ。准男爵位をウェントワース大佐が獲得しないようにさえできれば、アンと自分の境遇を変えたいとは思わなかった。」(二三三―三四)

メアリーの仮定の部分「准男爵位をウェントワース大佐が獲得しないようにさえできれば」を読むとき、もしかしたらアンは准男爵夫人になれるかもしれないということも、作者からやさしくほのめかされている。英国軍人としての次の時代を予兆するものであるかも知れない。だが、ここで確かなことは、アンがこの結婚によって大ジェントリーの階層から離れていくということだ。旧態依然たる古い家父長制度に頼っている大地主階級に基盤を持つ英国の一八世紀の時代に戻ることはないという覚悟で、「お嬢さまヒロイン」はこの世界から出ていく。

しかもアンの将来ははっきりと専門職の分野を目にしている。大英帝国の一九世紀、近代市民社会の中産階級によってしっかりと支えられる、ヴィクトリア時代に向かっている。この小説の題目「説得」はアンが自分自身にしたものかもしれない。八年がかりの愛を貫き、職業軍人の妻になるアンは、「説得」の階段を下りることを選び取った、シャーロット・ルーカスの「幸せな姿」と見ることができよう。大きなお屋敷の立派な貴婦人としておさまった『自負と偏見』のエリザベスとの対照の下にこの二人、シャーロットとアンを考えるとき、「不幸な結婚」とエリザベスから断定されたシャーロットと満足して新しい領域に出ていくアンの姿には、現実を受け入れしかもそれが精神の幸せにまで結びついていかねばならない次の時代の「お嬢さまヒロイン」への伝言が込められているのかもしれない。

軍艦に乗船する、女性

アンは、ウェントワース大佐と結婚してどのような生活を送るのだろうか。ここに女性の領域拡大に対する興味深い、作者からの提言があると思う。アンが崇拝するクロフト提督夫人が、夫とともに軍艦に乗ってその仕事を支えていたと書かれている部分である。提督も同意して、一五年間にもわたって夫人は軍艦に乗船している。(六四―五)[※8]

クロフト夫人の主張は、女性もまた「仕事を持つべき」であり、「国を助けてきた新しいプロフェッショナリズムに女性が参加することを激励せねば」ということである。また作者はウェントワース大佐の知性と活力と華々しさに比べてジェントリー地主階級の不能力を示す。さらに、『説得』では休息と家庭の幸せの新しい理想として海軍軍人像が提示されている。これをアンはハーヴィル大佐の家庭の中に見て、そしてさらに幸せなクロフト提督夫妻の中に見出す。[※9]

「役に立つこと」に幸せを見つけていたアン、彼女の場合あと少し時代が回っていたら、ウェントワース大佐と結婚した後、乗船して役に立つ仕事を見つけて働く女性にならないとも限らない。クロフト提督の妻が、乗船して夫を支えてきた幸せを主張しているように。ウェントワース大佐が女を乗船させることに反対なので、アンにとっては不可能なことかもしれない。だが、移り動く一九世紀の英国で何があっても不思議はない。「改革の世紀」をすぐそこに見ている一九世紀前半、誰が絶対にないことと断定することができようか。一九世紀の後半、政治、経済、法律、教育の領域で「女の領域」を広げることが必須の社会問題になっていく前兆を、ジェイン・オースティンの「お嬢さまヒロイン」、アン・エリオットの中に見出すことは可能なのだ。

さらに恐いオースティンの「象の牙」

アンの新しい領域への積極的な発展を好ましい姿として描き出すことで、オースティンはその作品の中に次の時代への伝言を込めた。さらに、旧態依然たるプライドに縛られている従来の紳士階級に対する「象の牙」も忘れない。実は、この作品において准男爵エリオット家の危機は、他の作品の幸せな上昇結婚を勝ち取った「お嬢さまヒロイン」のものとは異なって、娘の結婚によって少しも解消されることはない。エリオット家はさらに恐い危機にさらされていることが明示されている。メアリーはそのままマスグローヴ家で自分勝手に安穏に暮らしている。父親サー・ウォルターは幸いなことにクレイ未亡人と結婚せず、長女エリザベスは相手を獲得できなかった状況のままで父親と暮らしている。そしてこのエリオット家の財産継承者は相変わらず、ウィリアム・エリオットであることに変わりがない。アンがもし彼との結婚を承諾すればこの危機は避けられたのだが。その上さらなる不幸を作者は暗示する。ウィリアム・エリオットがクレイ未亡人と駆け落ちをしたのだ。

従妹アンの結婚の知らせは、思いがけず突然にウィリアム・エリオットを襲った。それは彼の考える最上の幸福な家庭計画を狂わせるものだった。(アンと結婚して) 義理の息子の権利でサー・ウォルターを監視し、彼を独身のままにしておこうとするウィリアム・エリオットの最大の希望は壊された。彼は不愉快と失望を味わったが、まだ自分の利益のため楽しみのためにすることはあった。すぐにバースを離れた。そしてクレイ未亡人もその後を追うようにバースを離れた。次のニュースは彼女がウィリアム・エリオットに囲われてロンドンで暮らしているということだった。彼が二重のゲームをしていたのは明白だった。だが、彼が少なくとも手練手管にたけた女のせいで財産から切り離されてしまうのを絶対に避けたかったのはたしかだった。そして彼の狡猾さもしくは彼女の狡猾さによって二人の婚約はあり得るかもしれない。……クレイ未亡人がサー・ウォルターの妻になることは妨ぐことはできたが、(サー・ウォルターの死後) 最終的に彼女がサー・ウィリアム・エリオットの妻になる運命のときを、迎えることはあるかもしれない。(二三四)

エリオット家の家督相続人、ウィリアム・エリオットが何よりも心配していたことは、クレイ未亡人がケリンチ・ホールの現当主、サー・ウォルター・エリオットと再婚して、もしそこに男の子が生まれれば、自分の相続権はなくなってしまうということ。そのことを心配して二人が結婚しないよう努力し、自分がクレイ未亡人と親しくなるような行動に出た。その結果、このクレイ未亡人と駆け落ちをすることになったという何とも滑稽な結末となる。それでウィリアム・エリオットの恐怖は去ったろうが、今度は、准男爵家にとっては新たな危機が訪れることになる。サー・ウォルター・エリオットの死後、財産を相続したウィリアム・エリオットとクレイ未亡人が正式な結婚をしないとも限らないのだから。この恐ろしさは歴然たるものである。ケリンチ・ホールに危機は去っていないばかりか、ウィリアム・エリオットとの結婚を望んでいた長女エリザベスには恐ろしい運命が訪れることになる。ウィリアムが交際相手にしたのはエリオット准男爵家が小馬鹿にしていたクレイ未亡人である。エリザベスが一番心配せねばならなかったのは、自分の父親が彼女と結婚することであった。だが、そんな「恥ずかしい結婚 degrading match」などありえないと断言していたが、もし父親と未亡人が結婚してそこに新しい跡継ぎができればと心配せねばならなかったのはウィリアム・エリオットと同じだったのだ。けれどもよりにもよって結果はもっと恐ろしいことになっている。ウィリアム・エリオットとクレイ未亡人が結婚すれば、まったく別のところでの相続ということになる。父親に男の子ができた場合は、少なくともエリザベスはその子の義姉として存在することはできる。その男の子が家督を相続したときは最低の保護を受ける権利はある。しかし男の子がいないまま、従兄のウィリアム・エリオットが相続し、そこに男の子が生まれれば自分たちの関係ないところに財産は受け継がれていく。エリザベスは父親の死後、ケリンチ・ホールに残る権利をほとんど持たなくなる。悲惨な結末はすぐそこにあるのに彼女はそれに気づいていない、のんきであわれな紳士階級のお嬢さまなのである。エリオット家は父親が再婚する危険は免れたが、もうこの系譜での存続は不可能ではないかという予告をもって、作品の「象の牙」は完成している。

最後に作者ジェイン・オースティンはアン・エリオットに対して、以下のような言葉で送りだしている。アンの向かうところがいかに置いてきた家庭よりも温かなものであるかということを。

> ウェントワース大佐を正当に評価し、受け止める家族が自分にはいないこと、彼の兄や姉が彼女の価値を評価して、すぐさまアンを歓迎し暖かく迎え入れてくれたのに、その尊敬、調和、善意すべてのことにお返しできないこと、これは、それ以外は大きな幸せに包まれているアンの心がとても強く感じている現実の苦痛の元だった。(二三五)

アンにとっては、従兄のウィリアムがクレイ未亡人と結婚しようが、その二人に子供が生まれて、まったく異なった家系図ができ上がっていこうが一向にかまわない。父親のサー・ウォルター・エリオットの楽しみは、准男爵名簿を見ることだった。だが、アンにとってはケリンチ・ホールも准男爵の称号もぜんぜん気にならない。「階段を下りること」を十分承知で出ていくこの心構えと勇気。自分の存在価値の認められるところ、もしかしたら、本当の仕事のあるところへ、「拡大する領域」へと。それはとりもなおさず英国ヴィクトリア時代の新しい「お嬢さまヒロイン」出現の先駆けの図となっている。

あとがき

二一世紀、私たちは、技術信仰を掲げて賢く強くなっていくのかと期待していたが、人間の営みと自然との関わりはいつの世も変わらないものなのかもしれない。天変地異が起これぱひとたまりもない。だからこそ、この世であらゆる恵みを受け、あるいは獲得してきたことをもっともっと感謝しなければならないのかもしれない。この世界の発展は自分たちが達成してきたのだとばかり技術が何よりももてはやされる昨今、その技術を科学が必ずコントロールしなければならないし、かつては、その科学を導くものが人間の英知、哲学であり、人間の夢、文学だった。今こそ哲学や文学の必要性が認めなおされ、科学も含めた人間の力の限りを尽くし豊かで知的なとき、ところを取り戻していけないのか。三月一一日の震災、そしていまだ終焉の見えないフクシマの惨事を目の当たりにして切に願っている。

このような状況の中で、自分ができること、せねばならないことがあって、好き嫌いという感情、感覚を重視でき、行動することを許される言語芸術の世界にいられるのはどれほど恵まれたことか。あるときは、切ないような気持ちになるときもある。だが、考えること、思うことを真剣に言葉によって表現していけば、自分なりの義務を少しは果たせるのではないかと、勇気づけてもいる。

ここにジェイン・オースティンの文学におけるこれまでの探求を本にすることができるのを望外の幸せと思っている。子どもの頃から、物語が大好きでなぜこんなにも楽しいのだろうと思いながら「外国文学」に夢中だった。そのうち見えてきた小さな明かり、それに引かれるような形で、自分の研究は続けられていた。お話のヒロインにひかれ、そのストーリーに魅かれ、そして、結局、E. M. フォースターの文学論どおりの路線を踏んで、小説に対処している自分を発見したのはつい最近だった。登場人物、ストーリー、プロット、そしてその言語に行きあたった時、なぜジェイン・オースティンの小説が、こんなにも面白いのかがわかるような気もしてきた。

ジェイン・オースティンの文学の人気とは、英国が華やかな時代への回顧趣味などでは決してなく、それはいつの時代にも存在する世界、時代、場所という領域を越えて生き抜いてきた小さな、「歴史には現れない」人々の姿が描かれているからだろう。登場人物たちがその言葉によって時代と渡り合い、社会と渡り合いながら永遠の存在として生き続けている姿に行きあたった時に、本書を是非執筆したいと願った。本書の底本は現在一番手に取りやすいペンギン版にしてある。ジェイン・オースティンの言語に原文で是非あたってほしいからである。特に果敢に生き抜いているヒロインたちの姿を、言語を頼りに読み取ることはきっと新たな元気の出る知恵を手に入れ、生きる楽しさを獲得することだと思う。その小さな参考にでもなればと本書をまとめた。それは私にとってはこれまでの研究が、結局ある一つの自分のテーマのもとになされていたのだと、再認識する過程でもあり嬉しい時間だった。
最後に、自分の本を書きなさいと常に励ましてくださった今は亡き近藤いね子先生、三十年間私の求めるままに助言を与え続けてくださった川北稔先生、この原稿を読み貴重なご意見をくださった山田晴子先生、心身共にいつも励まし、この出版の道筋をつけてくださった山田静雄先生に深い感謝の念をささげたい。そして、私の思い通りの本作りを支持し、形にしてくださった朝日出版社の原雅久社長に心からお礼を申し上げたい。

二〇一一年九月　植松みどり

・ジェイン・オースティンの作品からの引用は、各章註に表記したテクストの頁数を引用のあとにかっこをつけて入れた。
・著者による強調は、傍点で示した。
・職業および、固有名詞、題名などの表記は、今までの慣例に従った。
・人物配置図は、簡略化した。
・巻末に載せた参考文献は、主に参照文献である。

各章の初出は以下の通りであるが、本書のテーマのもとに大幅に書き換えてある。

一章、「ノーサンガー・アベイの扉をあけるお嬢さま」「和洋女子大学英文学会誌第四四号」、二〇一〇年。

二章、「『分別と多感』本当は恐い幸せ物語」『ジェイン・オースティンを学ぶ人のために』世界思想社、二〇〇七年。

三章、「『自負と偏見』―エリザベスの魅力を読み違える」津田塾大学同人「文学研究」三六号、二〇〇九年。

四章、「岐路に立つ女」『ジェイン・オースティン』、荒竹出版、一九八一年。

五章、「エマ、オースティン文学のヒロイン」「和洋女子大学英文学会誌第四二号」、二〇〇八年。

六章、「静かなる情熱の女―『説得』」『イギリス小説の女性たち』、勁草書房、一九八三年。

註

◆まえがき

1．ジョスリン・ハリス（Jocelyn Harris）「『この変容！』翻訳、模倣、ジェイン・オースティンの映像における間テクスト性」『映像のジェイン・オースティン』、四五頁。現代の翻訳家のディヴッド・コンスタンティンの「翻訳とは……原作が多様に変化した、生き生きとした対等物である。」という意見を紹介して、ジェイン・オースティンの作品の映画化は、「原文通りに誠実に」なされているのではなく、新しい表現形式へと変化されている。ジェイン・オースティンの映像化は、原作の言語よりも映像言語の中にオースティンを表現するべきであると述べる。

2．「困窮した淑女 distressed gentlewoman」。ヴィクトリア時代の女性のイメージとして「家庭の天使」、「完璧な淑女」、「怠惰な女性」などと並べられている。紳士階級の女性は「仕事を持ってはならない、使用者の仕事を取ってはいけない。稼いではいけない」などというヴィクトリア時代、働く領域の狭さどころか仕事に就くこと自体をとがめる社会通念に苦悩した。河村貞枝「ヴィクトリア時代の女性とレジャー」『「非労働時間」の生活史』川北稔編。山口みどり「『ホーム・ドーター』――ヴィクトリア期女性のライフコースから見た Separate Spheres 論」「洛北史学」第五号、二〇〇三年。

3．「拡大する領域 widening sphere」。ヴィクトリア時代の女性の社会運動の基盤に、その生きる領域、生活、教育、法律、政治面その他、「領域を拡大」する目標があった。マーサ・ヴィシナス編（ed. Martha Vicinus）『拡大する領域——ヴィクトリア時代の女性の変貌する役割』。

4．ジェイン・オースティンは自分の作品を「小さな二インチ四方の象牙細工 the little bit (two Inches wide) of Ivory」と述べた・四六九頁。一八一六年一二月一六日（月曜日）「ジェイムズ・エドワード・オースティン宛て書簡」。

5．右記の言葉を受けて、ドロシー・ヴァン・ゲント（Dorothy Van Ghent）、『英国小説、形式と機能』一〇五—一二三頁。繊細な象牙細工の材料は「象の牙」と、オースティン文学の特徴を述べる。以下、この言葉を本書のキーワードとして用いる。作品に潜む恐ろしい部分を取り上げ、特にそれが社会問題と関わってくる部分に注目する。また、作者の皮肉、シニカルな面とを結び付けて考える。

◆序論

1．キャロリー・エリクスン（Carolly Erickson）『われら動乱の時代——英国リージェンシー時代の歴史』七—八頁。

2．作家ジョージ・エリオット（George Eliot）のパートナー、著名な文人、G．H．ルイス（G. H. Lewes）の「ジェイン・オースティンを読みなさい」という助言に対してのシャーロット・ブロンテ（Charlotte Brontë）の反応。一八四八年一月一二日、一八日。さらに、『エマ』の読後感、「情熱がない」と出版社助言者、W．S．ウィリアムズ（W. S. Williams）に送っている。一八五〇年四月一二日。

3. ジェイン・オースティンは自分の女主人公たちをあるときは、「私のヒロイン」と呼び、自分の生み出した「子供」として可愛がっていた。また、作品の人気をヒロインに対する評価と関連して考えていた。クロウディア・ジョンスン(Claudia Johnson)『ジェイン・オースティン——女性、政治、小説』一二二頁。

4. 離婚訴訟法がないために、特に紳士階級の女性にとって離婚することは不可能に近かった。リー・ホウルカム(Lee Holcombe)「ヴィクトリア時代の妻と財産」『拡大する領域』八頁。

5. 現代の女性作家、マーガレット・ドラブル(Margaret Drabble)『女性の小説の伝統』四頁。女性作家が多出した根拠。日本における講演を収録。

6. 当時の英国文学において、現実離れした理想の女、夢の女、幻想的な女、魔力の女などを描くロマンティック・リヴァイヴァルの詩人たち、ゴシック・ロマンスの作家たちの系譜がある。オースティンはこれに反発して、もっと現実的な女を描こうとした。現実の女が必ずしも当時の女の居場所だけに限定されるものではなく、時空を超えて存在することは、当然と筆者は考える。

7. ヴィクトリア時代に大きな社会問題となる「既婚女性財産法案」の問題点、議会提出の経緯、制定までの苦闘などを歴史的に叙述。リー・ホウルカム「ヴィクトリア時代の妻と財産」『拡大する領域』三—二八頁。

8. 小説形成期のヒロインたちの系譜を述べた。植松みどり、「おしゃべりな〝姉たち〟小説形成期のヒロインについて」「和洋女子大学英文学会誌」、第一九号、一九九六年。二一—三三頁。

9. 作中で、ヒロイン キャサリン・モーランドは、怪奇な非現実的な出来事を物語る当時流行のゴシック小説に影響され、訪れたティルニー将軍の館、ノーサンガー・アベイでもその通りの恐ろしい出来事が起こると期待して館内を動きまわる。このヒロインの姿をユーモラスに描くこと、その他の皮肉っぽいコメントなどで、作者はゴシック小説を批判したと評され、現実を重視する作者のゴシック小説のパロディーともいわれている。

10. イアン・ワット（Ian Watt）、『小説の勃興』。近代小説の出現を「個人の確立」と期を同じくするものだとしている。その登場人物の特徴を「個人化、特別化 individuality, particularity」として、登場人物にその固有名詞がつけられて、個人として限定されていることを指摘している。一七—九頁。

11. 作者の小説創作に対する象徴的な態度としてしばしば言及される。「アンナ・オースティン宛て書簡」一八一四年九月九日（金曜日）。

12. 当時の逼塞した社会に対する「婉曲な憎悪 regulated hatred」を作者が持っていたと、そのアイロニー、揶揄、笑いなどを指摘している。H. D. ハーディング（H. D. Harding）「婉曲な憎悪」『婉曲な憎悪、その他』五—二六頁。

13. 限嗣相続《ストリクト・セツルメント》（entail）「継承贈与、継承的不動産土地処分」英国における土地財産の散逸を防ぐため男子相続制度を保持するため、土地相続人をあらかじめ限定継承しておく証書、その制度。

14. 核家族というイデオロギーはいつ頃始まったのかは、議論あるところだが、ポウラ・マランツ・コーエン（Paula Marantz Cohen）『娘のジレンマ——家族の変遷と一九世紀家庭小説』「たとえ実際に家族が必ずしも、この核家族の形態に厳密に形成されていなくとも、核家族のイデオロギーは一九世紀に敷衍した。」九—一〇頁。

15. マーガレット・ドラブル『女性小説の伝統』一八頁。女性作家が女主人公を生み出す意味を述べた。

16. 現代のフェミニズム運動のバイブルと呼ばれているドリス・レッシング（Doris Lessing）『黄

金のノート』、六一三頁。

◆『ノーサンガー・アベイ』

Text: Jane Austen. *Northanger Abbey*. London: Penguin Books, 2003.

1．『ノーサンガー・アベイ』につけた作者の兄ヘンリー・オースティンによる「著者の伝記的覚書」"Biographical Notice of the Author" 三―八頁。

2．Text『ノーサンガー・アベイ』「前書き」(xvi)。マリリン・バトラー（Marilyn Butler）による、この作品における作者の実験の経緯の解説。

3．「『ノーサンガー・アベイ』の女性作家の告示」"Advertisement, by the Authoress, to *Northanger Abbey* (1816)"。

4．ナイジェル・ニコルスン（Nigel Nicolson）『オースティンはバースで幸せだったか？』三頁。オースティンとバースの関わり「オースティンにとってバースは不幸せでつまらなかった」とのこれまでの意見に反論し、オースティンはバースで満足していたと述べている。

5．シャーロット・ブロンテが「いわゆる美しいヒーローやヒロインでなく」、自分の主人公は普通の容姿の女の子にすると、W．S．ウィリアムズに一八四八年九月、手紙を送ったのは有名なエピソードである。F・B・ピニオン（F. B. Pinion）『ブロンテ・コンパニオン』一六五―六頁。同様に、「私の人物はたいてい魅力的な容姿を有していない」と書き送っている一八四八年三月十一日。

6．クローディア・ネルスン（Claudia Nelson）、『中産階級の娘』八一頁。「ヴィクトリア時代、現実面において、中産階級の人が道徳上の高い基準を保持していたので、「家族生活の正しいパターンを形成先導したのは、彼らだった」ヴィクトリア時代の英国において、上流階級のお嬢さまへのブルジョワジーの娘の台頭と、そのモラルの基盤を述べている。

7．ディードリ・ル・フェイ（Deirdre Le Faye）『ジェイン・オースティン――小説とその世界』二二〇頁。ノーサンガー・アベイからキャサリンの家のあるフラートンまでの当時の地図を書き、七〇マイルほどだろうと述べる。

◆『分別と多感』

Text: Jane Austen. *Sense and Sensibility*. London: Penguin Books, 2003.

1．対立する二人のヒロインが、それぞれ表題を具現しているとする論と、そこには留まらない「両立する資質」とする論を紹介。阿部洋子「『分別と多感』Ⅱ――自我の闘い」『ジェイン・オースティン小説の研究』五一頁。

2．「秘密　secret」という語は、オースティン全作品に多発。とくに『分別と多感』に頻出。小倉雅美「『分別と多感』における秘密の解釈」「和洋女子大学英文学会誌」四二号、二〇〇九年。各作品における「秘密」の頻度数について調査。トニー・タナー（Tonny Tanner）なども「秘密」について指摘。Text『分別と多感』「前書き」「付録」（三五九頁）に収録。

3．本書「まえがき」註4、5参照。

◆『自負と偏見』

Text: Jane Austen. *Pride and Prejudice*. London: Penguin Books, 2003.

1. トニー・タナーは、Text『自負と偏見』「前書き」(xxxii) においてエリザベスの特徴を「生き生きした心、皮肉な笑い、自己認識 liveliness of mind, her habit of ironic laughter and self-awareness」においている。

2. 一八一三年一月二九日(金曜日)「カサンドラ・オースティン宛て書簡」。

3. トニー・タナーは、Text『自負と偏見』「前書き」において、エリザベスの女性らしさと理性的な女の姿をハナ・モアとメアリ・ウルストンクラフトの著述を比較検討しながら、考察する。

4. 「カサンドラ宛て書簡」一八一三年二月四日(木曜日)。

5. 「カサンドラ宛て書簡」一八一三年五月二四日(月曜日)。

◆『マンスフィールド・パーク』

Text: Jane Austen. *Mansfield Park*. London: Penguin Books, 2003.

1. ライオネル・トリリング(Lionel Trilling)、「マンスフィールド・パーク」『ジェイン・オースティン』イアン・ワット編。一二八頁。

2. ジョン・ハーディー(John Hardy)『ジェイン・オースティンのヒロインたち』五八頁。

3. トニー・タナー、Text『マンスフィールド・パーク』、「前書き」「付録」に収録。四四一頁。

4. パトリシア・ホリス（Patricia Hollis）『公衆の中の女性、1850―1900』一五頁。
5. ライオネル・トリリング、前掲書。
6. トニー・タナー、前掲書。
7. C. S. ルイス（C. S. Lewis）「二人の孤立したヒロイン」『ジェイン・オースティン批評集』ジュディス・オニール編（Judith O'Neill）、七二頁。
8. バンクス夫妻、前掲書、六〇頁。
9. バンクス夫妻、前掲書、九一頁
10. 福音主義について。ウォーレン・ロバーツ（Warren Roberts）『ジェイン・オースティンとフランス革命』一八五頁。
11. リチャード・トーニー『ジェントリの勃興』（浜林正夫訳、未来社、一九五七年）一一頁。
12. G. E. ミンゲイ（Mingay）、『ジェントリー』一三―四頁。ジェントリーを収入によって大ジェントリー（バロネットやナイト等）、中小ジェントリー（ナイト、スクワイア、ジェントルマン等）、地方ジェントルマン（スクワイア、聖職者、専門職者、退役将校、商業者を含む）に三区分してある。さらに村岡健次「ジェントルマンの階層」『ヴィクトリア時代の政治と社会』（ミネルヴァ書房）を参照すると、ジェントルマン階級の構成員を貴族及びジェントリーとしている。
13. バンクス夫妻、前掲書、八八頁。
14. ジェントルマンについての論考。川北稔「スクワイアラキーと『生活革命』」『西洋史学』第百号、四四頁。
15. スピノザ『エチカ』（下）（畠中尚志訳、岩波書店）七頁、「愛情を統御し抑制する上の人間の無能力を私は隷属と呼ぶ」。

16. C. S. ルイス、前掲書、七二頁。

17. ウォーレン・ロバーツ、前掲書、一六八―九頁。

◆『エマ』

Text: Jane Austen. *Emma*. London: Penguin Books, 2003.

1. ジェイン・オースティンのエマに関しての「私以外の誰もあまり好まないヒロインを書こうと思う」ジェイムズ・エドワード・オースティン＝リー（James Edward, Austen-Leigh）「思い出 Memoir」（一九二六年）一五七頁。*Jane Austen's Letters*, ed. Chapman "VI Jane Austen's Novels" に紹介。また、『自負と偏見』のエリザベスについても、「素敵なヒロイン delightful a creature」と称した作者の言葉が比較して取り上げられている。クロウディア・ジョンスン（Claudia Johnson）『ジェイン・オースティン、女性、政治、そして小説』一二二頁。

2. ウオルトン・リッツ「自由の限界エマ」『ジェイン・オースティンの芸術的発展の研究』一三二頁。

3. "handsome"、当時は、「きれいな、美しい、品位ある、堂々たる」という意味で女性にも男性にも用いた。

4. 『ノーサンガー・アベイ』*Northanger Abbey* のNorton版でのこの箇所の注（七六頁）には、「愚かな女の魅力」について、『エマ』*Emma* でも語られていると、エマがハリエットに関して述べた言葉を取り上げている。

5.〝住み込み家庭教師 governess〟は、当時、紳士階級の女が従事できるほとんど唯一の仕事と考えられていたが、紳士階級の女が紳士階級の家に働きに出るという問題含みのものである。河村貞枝「ヴィクトリア時代の女性とレジャー」。川北稔編『「非労働時間」の生活史』。川本静子『ガヴァネス』。

6.ヴィクトリア時代の作家、エミリー・ブロンテ（Emily Brontë）『嵐が丘』において、当時の土地制度に関する相続についての言及がある。植松「『嵐が丘』論――遥かなる脱出の祈り」「日本英文学会誌」、一九八五年。

7.マリッジ・セツルメント「婚姻前継承的不動産処分証書、夫婦間財産処理合意」。当時、裕福な家では、娘の結婚に関して、夫の許可を得て、法律的な取り決めをすることもあった。『嵐が丘』では、二代目キャサリンのために行いたいとした父親エドガーの死に間に合わず、弁護士が来ないために出来なかったという示唆がある。エマにおいては、これが行われたという記述がない。その雰囲気からしてもおこなわれているとは読み取れない。また、『ノーサンガー・アベイ』においては、「ヘンリーの経済は母親が受けていた、マリッジ・セツルメントによって、救われる」。という記述がある。二三三頁。

8.「既婚女性財産法案」本書、序論、註7参照。

◆『説得』

Text: Jane Austen, *Persuasion*. London: Penguin Books, 2003.

1．作品『説得』の女主人公、アン・エリオットは、冒頭から花咲く少女の時期を過ぎた二七歳の未婚の女性として描かれている。ウオルトン・リッツ『ジェイン・オースティンの進展』一五四頁。リッツの言を借りれば、「他の作品が終わったところから始まっている」三頁。この作品の女主人公は、すでに試練と成長を経てきたお嬢さまとして登場する。

2．『自負と偏見』のシャーロット・ルーカスについてエリザベスは、その結婚生活を「まあまあ幸せ、tolerably happy (123)」とは信じられないといい、結婚後の牧師館の所帯を訪ねたときも、その生活力のたくましさに驚く反面、彼女の価値観の低さ現実性を軽蔑して親友とは見なさないとまで評している。

3．作者から姪への説明。「ファニー・ナイト宛て書簡」一八一七年三月二三日（日曜日）。

4．「身を落とす degrade」「身を落とす結婚 degrading match」（三三）「身を落とす組み合わせ degrading alliance」（二七）また、エマの中に出てくるハリエットとロバート・マーティンの結婚に関して、エマが心配する「身を落とすこと」など、当時の社会通念としては、結婚において何よりも避けたい言葉と思われる。Brontë 姉妹の作品においては、プロット自体に影響を及ぼす。

5．ジョン・ベイリー（John Bailey）『ジェイン・オースティン紹介』九四頁。植松みどり「牧師館からの旅立ち」『ブロンテ研究』で考察。

6．女性と仕事という問題を真剣に取組んだ作品としては、一般に、シャーロット・ブロンテの『ジェイン・エア』（一八四七年）があげられる。出版の月日は後になるが、アン・ブロンテ（Anne

Brontë）の『アグネス・グレイ』は執筆の際、『ジェイン・エア』に影響を与えたと考えられている。『アグネス・グレイ』における、女性及び人間に対する仕事の効用は、オースティンの考え方と共通するところが見られる。

7．パトリシア・ホリス『公衆の中の女性 1850—1900』一五頁。

8．「英国海軍に関する規則と法則」ブライアン・サザム（Brian Southam）編、『ジェイン・オースティンと海軍』二八二頁。「海軍の義務規定（1790）」において、どのような女性であれ船員と同伴する乗船を禁じている。わざわざこのような断り書きをつけているのは、当時、乗船する女性がいたことを示している。

9．Jane Austen, *Persuasion*, Oxford World's Classics, 2008.「(Appendix D）に収録。ヴィヴィアン・ジョーンズ（Vivien Jones）による「オースティンと海軍」二二五頁。クロフト提督の夫人の画期的な意見、女たちは「立派な淑女 fine ladies」ではなくて、「合理的な人物 rational creatures」であると主張する姿に、新しい「職業観 professionalism」を共有する女性の姿が見られるとの説明は、今後の女性と仕事の関係を示唆する。

〈日本語文献〉

① （作者関連）

1. 大島一彦『ジェイン・オースティン』中公新書、1997年。
2. 戒能通厚『イギリス土地所有権法研究』岩波書店、1980年。
3. 塩谷清人『ジェイン・オースティン入門』北星堂書店、1997年。
4. 島崎はつよ『ジェイン・オースティンの語りの技法を読み解く』開文社出版、2008年。
5. 末松伸子『ジェイン・オースティンの英語――その歴史・社会言語学的研究』開文社出版、2004年。
6. 鈴木美津子『ジェイン・オースティンとその時代』成美堂、1995年。
7. 惣谷美智子『ジェイン・オースティン研究――オースティンと言葉の共謀者達』旺史社、1993年。
8. 直野裕子『ジェイン・オースティンの小説――女主人公をめぐって』開文社出版、1996年。
9. 中尾真理『ジェイン・オースティン――小説家の誕生』英宝社、2004年。
10. 中尾真理『ジェイン・オースティン――象牙の細工』英宝社、2007年。

② （その他）

1. 越智武臣編『近代英国の起源』ミネルヴァ書房、1966年。
2. 角山栄、川北稔編『路地裏の大英帝国』平凡社、1982年。
3. 川北稔編『「非労働時間」の生活史』リブロポート、1987年。
4. 河村貞枝、今井けい編『イギリス近現代女性史研究入門』青木書店、2006年。
5. 川本静子『ガヴァネス――ヴィクトリア時代の〈余った女〉たち』みすず書房、2007年。
6. スピノザ、鼻中尚志訳『エチカ――倫理学』岩波書店、1951年。
7. バンクス夫妻、河村貞枝訳、『ヴィクトリア時代の女性たち』創文社、1980年。
8. ヒル・ブリジェッド、福田良子訳『女性たちの十八世紀――イギリスの場合』みすず書房、1990年。
9. メイソン・フィリップ、金谷展雄訳『英国の紳士』晶文社、1991年。
10. ラスレット・ピーター、川北稔・指昭博・山本正訳『われら失いし世界』三嶺書房、1985年。
11. 松浦暢『宿命の女』平凡社、1987年。
12. 村岡健次『ヴィクトリア時代の政治と社会』ミネルヴァ書房、1980年。
13. リチャード・トーニー、浜林正夫訳『ジェントリの勃興』未来社、1957年。
14. 山本正編『ジェントルマンであること』刀水書房、2000年。

Englewood Cliffs: Prentice-Hall, 1969.
36. Sales, Roger. *Jane Austen and Representations of Regency England*. London: Routlege, 2003.
37. Southam, Brian. ed. *Jane Austen: the Critical Heritage*. New York: Barnes & Noble, 1968.
38. Southam, Brian. ed. "Regulations and Instructions Relating His Majesty's Service at Sea" (1790). *Jane Austen and the Navy*. London: National Maritime Museum, 2005.
39. Strachey, Ray. "*The Cause*" (1928). Port Washington: Kennikat Press, 1969.
40. Thompson, F. M. L. *English Landed Society in the Nineteenth Century*. London: Routledge & Kegan Paul, 1963.
41. Van Ghent, Dorothy. ***The English Novel: Form and Function***. New York: Harper & Row, 1961.
42. Vicinus, Martha. ed. *A Widening Sphere: Changing Roles of Victorian Women*. Bloomington & London: Indiana UP, 1977.
43. Vickery, Amanda. *The Gentleman's Daughter: Women's Lives in Georgian England*. New Haven: Yale UP, 1998.
44. Watt, Ian. *The Rise of the Novel* (1957). Harmondsworth: Penguin Books, 1963.
45. Watt, Ian ed. *Jane Austen*. Englewood Cliffs: Prentice-Hall, 1963.
46. Willams, Merryn. *Women in the English Novel 1800-1900* (1963). London: Macmillan, 1984.
47. Wise, Thomas and Symington, J.A. ***The Brontës: Their Lives, Friendships and Correspondence***. Oxford: Blackwell, 1980.

〈原著翻訳〉

・新井潤美編訳『ジェイン・オースティンの手紙』岩波文庫、2007年。
・中野康司訳『ノーサンガー・アビー』ちくま文庫、2009年。
・真野明裕訳『いつか晴れた日に —— 分別と多感』キネマ旬報社、1996年・中野康司訳『分別と多感』ちくま文庫、2007年。
・小山太一訳『自負と偏見』新潮文庫、2014年。
・臼田昭訳『マンスフィールド・パーク』集英社、1978年・中野康司訳『マンスフィールド・パーク』ちくま文庫、2011年。
・阿部知二訳『エマ』中公文庫、1974年・工藤政二訳『エマ』岩波文庫、2000年。
・近藤いね子訳『説得』講談社、1975年。
・富田彬訳『説きふせられて』岩波書店、1998年・中野康司訳『説得』ちくま文庫、2008年。

13. Drake, Michael. *Population in Industrialization*. London: Methuen, 1973.
14. English, Barbara and Saville, John. *Strict Settlement: A Guide for Historians*. University of Hull Press, 1983.
15. Erickson, Carolly. *Our Temptuous Day: A History of Regency England*. New York: Harper, 2011.
16. Faye, Deirdre Le. *Jane Austen The World of Her Novels*. London: France Lincoln, 2002.
17. Ghent, Dorothy Van. *The English Novel, Form and Function*. New York: Holt Rinehart and Winston, 1953.
18. Harding D. H. *Regulated Hatred and Other Essays on Jane Austen*. London: Athlone, 1998.
19. Hardy, Barbara. *A Reading of Jane Austen*. London: Peter Owen, 1975.
20. Hardy, John. *Jane Austen's Heroines: Intimacy in Human Relationships*. London: Routledge, 1984.
21. Harris, Jocelyn. ed. *Jane Austen on Screen*. Cambridge: Gina Macdonald and Andrew Macdonald, 2003.
22. Holcombe, Lee. *Wives and Property: Reform of the Married Women's Property Law in Nineteenth-Century England*. Toronto: University of Toronto Press, 1983.
23. Hollis, Patricia. *Women in Public The Women's Movement 1850-1900*. London: George Allen & Unwin, 1979.
24. Hughes, Kristine. *Everyday Life in Regency and Victorian England: From 1811-1901*. Writer's Digest Books: Cincinnati, 1998.
25. Johnson Claudia, *Jane Austen, Women, Politics, and The Novel*. Chicago: Chicago UP, 1988.
26. Lessing, Doris. *The Golden Notebook* (1962). London: Granada, 1983.
27. Litz., Walton. Jane Austen: ***A Study of Her Artistic Development***, London: Oxford UP, 1965.
28. Mingay, G.E. *English Landed Society in the Eighteenth Century*, London: Routledge & Kegan Paul, 1963.
29. Mingay G. E. *The Gentry*. London: Longman, 1976.
30. Nelson, Claudia. *Family Ties in Victorian England*. London: Praeger, 2007.
31. Nicolson, Nigel. "Was Jane Austen Happy in Bath?". Bath: The Holburne Museum of Art, 2003.
32. O'Neil, Judith. ed. *Critics on Jane Austen*. London: George Allen and Unwin, 1976.
33. Pinion, F. B. *A Brontë Companion*. London: Macmillan, 1975.
34. Roberts, Warren. *Jane Austen and the French Revolution*. London: Macmillan, 1979.
35. Rubinstein, E. ed. *Twentieth Century Interpretations of* "Pride and Prejudice",

参考文献

〈作品〉（Text: Penguin Edition は、各章の注に明記した）

1. Oxford Illustrated Jane Austen, 6 vols. Oxford: Oxford UP, 1988.
2. Norton Critical Editon (1st and 3rd edition), Each of Jane Austen's Works. New York: Norton.

〈手紙、日記など〉

1. Austen-Leigh, James Edward. *A Memoir of Jane Austen and Other Family Recollections*. (1926). R. W. Chapman. ed. London: Oxford UP, 2002.
2. Chapman, R. W. ed. *Jane Austen's Letters* (1972). Oxford: Oxford UP., 1979.

〈研究書〉

1. Bailey, John. *Introductions to Jane Austen*. London: Oxford UP., 1931.
2. Black, Eugene. ed. *Victorian Culture and Society*. New York: Harper & Row, 1973.
3. Bonfield, Lloyd. *Marriage Settlements 1601-1740*. London: Cambridge UP., 1983.
4. Branca, Patricia. *Silent Sisterhood: Middle-Class Women in the Victorian Home* (1975). London: Croom Helm, 1977.
5. Brontë, Anne. *Agnes Grey* (1847). London: Penguin, 2004.
6. Brontë, Charlotte. *Jane Eyre* (1847). London: Penguin, 1996.
7. Brontë, Emily. *Wuthering Heights* (1847). London: Penguin, 1985.
8. Butler, Marilyn. *Jane Austen and the War of Ideas*. Oxford: Clarendon, 1975.
9. Cecil, David. *A Portrait of Jane Austen*. London: Constable, 1978.
10. Cohen, Marantz. *The Daughter's Dilemma: Family Process and the Nineteenth-Century Domestic Novel*. Ann Arbor University of Michigan, 1991.
11. Cunnington, C. Willett. *English Women's Clothing in the Nineteenth Century* (1937). New York: Dover Publication, 1990.
12. Drabble, Margaret. *The Tradition of Women's Fiction: Lectures in Japan*. Tokyo: Oxford UP, 1982.

【マ行】

【ラ行】

【ワ行】

【ナ行】

【ハ行】

【サ行】

【タ行】

索引

【ア行】

【カ行】

著者略歴

植松 みどり（うえまつ みどり）

1942年、東京に生まれる。

1970年、津田塾大学大学院博士課程修了。

現在、和洋女子大学名誉教授。日本ジョージ・エリオット協会会長。日本ジェイン・オースティン協会理事。

専攻イギリス文化・文学。

訳書、『嵐が丘』、『狼と駈ける女たち』、『ブラック・ヴィーナス』。

共著、『ジェイン・エアと嵐が丘』、『ブロンテ研究』。


ジェイン・オースティンと「お嬢さまヒロイン」 改訂版

2011年10月 7 日　初版第1刷発行
2016年 1 月20日　改訂版第1刷発行

著　者　植松みどり
発行者　原　雅久
発行所　朝日出版社
東京都千代田区西神田3－3－5
〒101-0065　電話03-3263-3321（代表）
http://www.asahipress.com
印刷・製本　図書印刷株式会社

ISBN 978-4-255-00899-8